杜甫騎驢図

# 杜　　甫

●人と思想

鈴木 修次 著

57

CenturyBooks　清水書院

# はしがき

宋の魏慶之という詩論家に、『詩人玉屑』という本があるが、その中で杜甫を評して、

杜子美（子美は、杜甫の字）の詩におけるや、実に衆家の長を集め、其の時に適当せしむるのみ。

ということばがある。ここでいう「適当せしむるのみ」の「のみ」（而已）は、強い断定を示すことばで、「……したのだ」といいきる語調であるが、魏慶之はこの提言のあとさらに細論して、次のようにいった。

子美なる者は、高妙の格を窮め、豪逸の気を極め、沖澹の趣を包み、峻潔の姿を兼ね、藻麗の態を備えて諸家の作の及ばざる所あり。然れども諸子の長を集めざれば、子美も亦独り斯に至る能わざるなり。豈に其の時に適当せしむる故に非ずや。孟子曰く、「伯夷は聖の清なる者なり。伊尹は聖の任なる者なり。柳下恵は聖の和なる者なり。孔子は聖の時なる者なり。孔子は之を、『集めて大成す』と謂う。」と。（『孟子』万章下のことば）嗚呼、子美も亦詩の大成を集むる者か。（『詩人玉屑』巻十四に引く「少游進論」）

このことばは実は、宋の秦観（一〇四九－一一〇〇）字は少游の文を引用するものであるが、『詩人

玉屑』に引かれて以来、杜甫の評語として有名になり、以後、多くの人々の口にのせられてきた。孔子を評して、孟子は「集めて大成す」（その意味がどういうことかについては、『孟子』の続く文に説明されているのであるが、今は省略する）といったが、それにあやかっていうならば、杜甫もまた、過去の中国のもろもろの詩人の長ずるところを「集めて大成した者」といってよい、と秦観は評価したのであった。

秦観のこの評価は、たしかに誤ってはいないが、しかしこのことばを受けとる日本人は、とかく「集大成」という意味を誤解しがちである。現代の日本語の感覚でいえば「集大成」ということばは、オリジナルな「創造」ということばに対して逆の方向のものになる。そして杜甫の詩も、そのようなものなのかと誤解されてしまってはたいへんである。

杜甫が、諸家の長を「集めて大成」しているとは、いったいどういうことなのか。この本ではまずそのことを、具体的に、事実をもって説かなければならない。しかしそういうことになると、いろいろと幅広く例証をあげてゆかなければならないので、限られた紙幅ではどうしてもつくしかねる。事実、本書の原稿を書き進めながら、筆者はしばしば、紙幅に限界があることになやまされ、嘆いた。一冊の小冊子で、杜甫を語りきることは、まことに容易でない。

しかし、世にもまれな、すぐれた詩人、そしてすぐれた芸術家であった杜甫の姿を、ひとりでも多くの人にわかってもらいたい。その思いが私をかりたてて、むりな紙幅を承知の上で、あえていろいろの角度から杜甫の浮き彫りをこころみてみた。しかしそれにしても、とかく説明不足になりがちである。

巻頭においた杜甫の関連地図、そして巻末に収めた杜甫年譜は、大学の教養課程のテキストとして私が編集した『杜甫詩百選』(教育文化出版センター) 付載のものを、利用した。秦州時代までの杜甫については、これまでにいくつかの論文を書き、それらはいま、『唐代詩人論』㈢(講談社学術文庫)に収めるが、本書の一部の説明がそれと若干重複する部分もある。同谷に旅立ってから以降の杜甫についての専論は、また別に機会を改めて、じっくり腰をすえて詳細に語ろうと思う。杜甫についてはなお、あれやこれや、つきつめたい問題がたくさんあるが、それらの解明は、時間を介在させて今後に期したいと思っている。

一九七九年の除夜の鐘も響き出した。とりあえずこのあたりで、ひとまず擱筆(かくひつ)するとしよう。不十分なところは今後に期待しながら。

一九七九年十二月三十一日

広島市古江西町の寓居にて

鈴木修次

# 目次

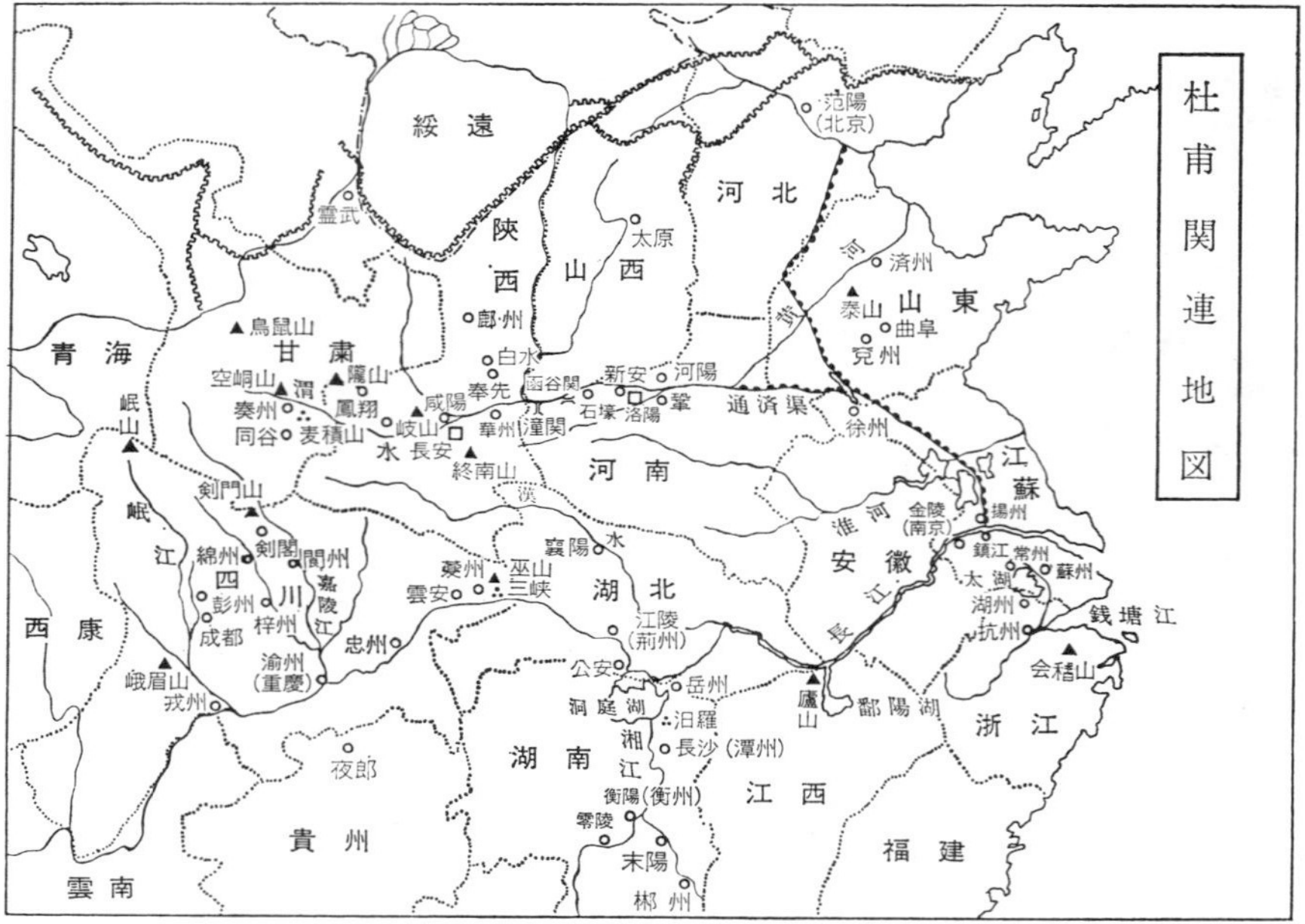
杜甫関連地図
綏遠
范陽(北京)
河北
陝西
山西
太原
山東
済州
泰山
曲阜
兗州
河
霊武
鄜州
白水
青海
甘粛
鳥鼠山
空峒山
渭
隴山
秦州
鳳翔
同谷
麦積山
岐山
咸陽
奉先
函谷関
新安
河陽
華州
潼関
石壕
洛陽
鞏
通済渠
徐州
水
長安
終南山
河南
岷山
岷江
剣門山
剣閣
閬州
綿州
四川
嘉陵江
彭州
梓州
成都
渝州(重慶)
忠州
漢
襄陽
水
夔州
巫山
三峡
雲安
湖北
江陵(荊州)
公安
岳州
洞庭湖
汨羅
湘江
長沙(潭州)
湖南
衡陽(衡州)
零陵
耒陽
郴州
廬山
鄱陽湖
江西
福建
淮河
安徽
長江
金陵(南京)
揚州
江蘇
鎮江
常州
蘇州
太湖
湖州
杭州
銭塘江
会稽山
浙江
西康
峨眉山
戎州
夜郎
貴州
雲南

# I　杜甫の文学時代

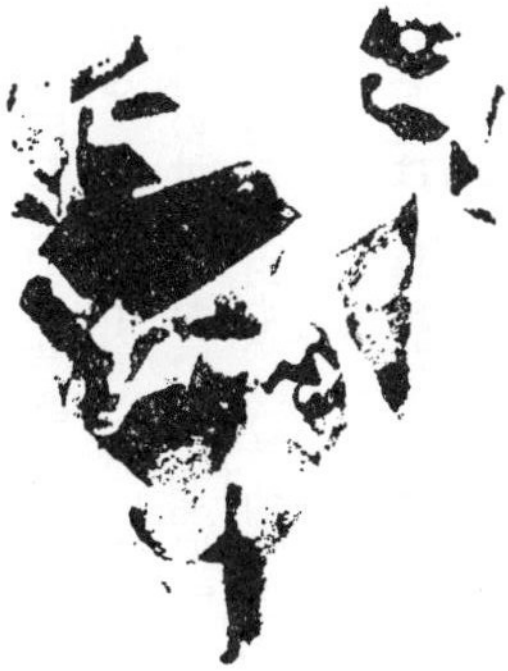

# 杜甫とその時代

## 中国最高の詩人

長い歴史を持つ中国において、最高の詩人は誰かと問われるならば、中国では疑いもなく杜甫(とほ)があげられる。個人の好き嫌いは別にして、「詩聖」――詩の聖人としてよばれるのは、杜甫に限られるからである。「聖」ということばは、中国においては伝統的に、その領域における第一人者ひとりをさしていう。したがって詩の世界において、「聖」をもってよばれるのは、杜甫ひとりに限られる。杜甫と並んで国際的に有名な李白(りはく)も、「詩仙」とはよばれても、「詩聖」とよばれることはなかった。

杜甫のどういうところが、「詩聖」と尊ばれたのであろうか。その答えは、単純なことばでいいきることはできないが、中国の古典語にのっとって、中国詩のありようをいろいろな角度から、みずからのいのちをかけて追求しぬいた詩人であったから、ということになろう。ことがらの詳細は、以下紙幅の許す限りにおいて、この本で説くことになるが、杜甫は前人未踏の詩的世界を、その生涯をかけて創造し続け、開拓し続け、後世の詩人たちに、多面的に偉大な指針を与え続けた、みごとな詩人であった。

杜甫の場合、実はその詩は生活のかてにはならなかった。杜甫は生涯貧乏に苦しみながら、しかし中国詩のあるべき方向にすべてをかけ、いのちの続く限りうたい続けた。そのことひとつをとってみても、余人にはまねしきれないところがある。「詩聖」という最高の評価は、決して過褒なことばではないということを、日本人である私もしばしば感ずる。その感ずるところを、感ずるままにしるすことによって、杜甫という人間の姿を、読者にわかってもらいたいと切実に思いながら筆を進めるのであるが、はたして「詩聖」の姿が浮き彫りできるかどうか、かなりのむずかしさを感ずる。私にいまできることは、私の全存在をかけて、杜甫にぶつかってみることだ。

## 杜甫の時代

杜甫といえば、日本人の多くの人が「国破れて山河在り」の「春望」の詩や、「江碧にして鳥逾々白く、山青くして花然えんと欲す」の「絶句」と題する詩や、あるいはまた「兵車行」の一部などを思いおこすことであろう。これらの作品は、高等学校の教科書に載せられていて、多くの日本人がいまなお学習し続けているものである。「江碧にして鳥逾々白く」を思いうかべる人のうちの何人かは、同時に若山牧水の「白鳥は悲しからずや空の青　海の青にも染まずただよふ」をも思い出し、杜甫の詩にいっそうの親近感をおぼえることでもあろう。芭蕉の句に、杜甫の影響がかなり強くあることを具体的に説く本もあり、島崎藤村の詩と杜甫の詩との相関関係を説明する日本文学研究者もいる。杜甫は、われわれ日本人にとっても、身近に感ずることができる詩人である。そのために、ついさきごろの詩人でもあるような錯覚をすら持たせるかも知れない。

しかし杜甫の生存時代を日本の文学史にあててみたとき、たいへんに古い時代の人である。彼が生まれたのは七一二年であるから、それはちょうど、日本の歴史において考えるならば、元明天皇の奈良遷都の年（七一〇）から二年あと、日本最初の古典である『古事記』が完成した年ということになる。杜甫が数え年*九歳のとき、七二〇年に、日本では『日本書紀』が完成した。東大寺の大仏開眼の年、七五二年に、杜甫は四一歳で長安にいた。中国揚州の人鑑真和尚が日本に来朝した年、七五四年は、杜甫四三歳、なお長安で浪人中であった。その翌年、七五五年に、杜甫は初めて仕官するのであるが（四四歳）、その年に中国では、安禄山の乱が勃発した。日本最古の歌集である『万葉集』がほぼ成立したと考えられる七五九年には、杜甫は四八歳、この年杜甫は、あしかけ五年続けた役人生活をやめ、以後放浪の旅人として、旅立っていった。杜甫が、五九歳の長くない生涯を、放浪の身で終えた年、七七〇年は、まだ日本では奈良朝時代、桓武天皇の平安京遷都の年（七九四）よりは、二四年も以前の時代であった

## 万葉歌人と杜甫

こうしたかんたんな比較からも明らかであるように、杜甫を日本の歴史にあてはめれば、奈良朝時代の人、日本の文学史でいうならば、万葉歌人の時代の人で

あったのだ。もし、杜甫とほぼ同時代の万葉歌人をあげるならば、大伴家持（七一八?－七八五?）が近いということになるが、もうひとり、杜甫の時代に最も接近する日本人に、中国で高官になってついに中国で生涯を終えた阿倍仲麻呂がいる。

阿倍仲麻呂（七〇一－七七〇）は、一般に知られている生卒年でいえば、李白と同じ年に日本で生まれ、杜甫が没した年に中国で死去した。彼は、七一七年の第八回遣唐使の一行に加わって入唐したが、ついに再び日本の土をふむことなく、中国の官吏採用試験に合格して唐王朝の官吏になり、時の天子玄宗皇帝の寵愛を受けて左拾遺・左補闕などの枢要の官を経て、最後には安南（今のベトナム）方面の施政長官、中国の官名でいえば安南節度使として治績をあげた後に長安に帰り、杜甫がなくなった年に七〇歳で長安で没した。没後唐の王朝から、潞州大都督の称号が追贈されたが、異国の朝廷に仕えて出世した日本人としてよく知られている。

阿倍仲麻呂は、中国名を朝衡（晁衡）といい、当時の代表的詩人であった李白や王維とも親交があり、李白や王維には仲麻呂に贈る詩が現存しているが、杜甫と仲麻呂との直接のつきあいはなかった。

## 永遠の詩人

杜甫はこのように、わが国の文学史にあてて考えてみたとき、たいへんに古い時代の詩人であるということになるが、それでいて杜甫の詩は、いまなお多くの日本人

杜甫

にも新鮮な感動を与え、身近な存在として感じさせる。それはいったいどういうことなのであろうか。そこのところに実は、「詩聖」をもって称される杜甫の秘密があるのである。

杜甫は、たしかに古い時代の人であるが、その作品は時間を越えて、読む人にかぎりなく新しい刺激と感動とを与え続けている。杜甫の詩における修辞のくふうは、現在の詩人たちにも、なお強い影響を与えずにはおかない。それは、中国においてそうであるだけでなく、ことばを異にする日本の詩人にとっても、なおそうである。杜甫の言語造型の苦心は、さぐればさぐるほど、深く観察すれば観察するほど、ある種の〝ものすごさ〟を人々に感じとらせる。それは、高等学校の教科書で習っても、新鮮で感動的だし、おとなの感覚で見つめなおしてもなお圧倒されるし、詩人の感覚で詩作の参考にした場合でも、やはり人々をひきつけ、詩人はそこからいろいろなくふうを学びとってゆけるのである。杜甫は驚くべき、超時間的な価値を示し続ける詩人だ。杜甫を「詩聖」だとするのは、中国の限られた風土と歴史の中でそうなのではなくて、全世界的視野から見ても、やはりそうだといってよい。こういう詩人は、めったに現われるものではない。

＊ 杜甫が生まれた月については、結局のところわからないので、やむなく年齢はすべて数え年による。杜甫以外の唐詩人についても、せいぜい生まれた年がわかるといったていどであるので、一般的にいって、年齢をいう場合には数え年ということになる。

# 祖父杜審言の活躍

**則天武后の側近詩人**

杜甫の文学的才能は、彼自身がみずから苦しみながら開発していったものであることはもちろんであるが、杜甫が詩の世界にのめりこんでゆくようになった遠因のひとつとして、祖父の杜審言（としんげん）の存在が考えられる。

杜審言（六四八?－七〇八）という人は、杜甫が誕生したときにはすでに故人であったから、直接杜甫が祖父の教導を受けるということはなかったが、則天武后時代の輝かしい詩人としてつとにその名は高かった。したがって、成長する過程の杜甫にとっては、誇るべき祖父であり、学ぶべき祖父でもあった。

則天武后（在位六八四－七〇四）は女帝であったが、文学好きで、数多くの詩人を集め、初唐期の文学隆盛時代を作ったが、その側近詩人の一人として杜審言がいた。杜審言は進士に及第後、則天武后に召されて著作佐郎、後に膳部員外郎（ぜんぶいんがいろう）という官につき、後、一時今日のベトナム方面に流されたこともあったが、再び都にもどって国子監主簿（かんしゅぼ）（当時唯一の国立大学の講師クラスにあたる）を経て、修文館学士で終わった人で、学者のコースを主としてたどった人であるが、五言詩の名手として知られていた。現存する唐詩をすべて網羅した『全唐詩』には、四三首の作品を残すが、そのうち七言の作品はただの六首にとどまり、あとはすべて五言詩である。

## 今体詩詩人として

また杜審言は、五言律詩にもすぐれた才能を示した。五言律詩は、唐王朝の前の時代である六朝時代の末にすでにくふうされていたが、この詩体が格別に流行しはじめたのは唐王朝になってからで、則天武后の朝においてひときわ盛んになるのであるが、その作者のひとりとして杜審言がいた。則天武后の朝のとき、また新たに七言律詩がくふうされ、*徐々に流行するのであるが、現存する杜審言の作品のうちには、三首の七言律詩を数える。

則天武后の朝において大いに流行しはじめた律詩は、朗読する場合に心よいリズムがおのずから流れるようにくふうした定形詩で、当節流行の新しい詩体であるということから「今体詩」とよばれ、以後、唐詩の流行の詩体となる（「今体詩」は、宋代になって、近世の体の詩ということで「近体詩」といいならわされるようになった）。杜甫の祖父の杜審言は、いわば「今体詩」流行のきっかけをなす時代に活躍した詩人で、「今体詩」の祖のひとりでもある。

後年の杜甫は、この「今体詩」の作製に心身をうちこんで数々の傑作を生み出すとともに、「今体詩」の芸術的完成に（特に七言律詩の芸術的完成に）いろいろと苦心をするのであるが、杜甫を「今体詩」の完成に情熱をもやさせたのは、祖父の杜審言が、「今体詩」の初期のすぐれた作者であったということに少なからぬ原因が存するであろう。

杜審言は、「文集十巻」(詩と文とを集めたもの)を残したというが、今残るものは、文はひとつもなく、さきに述べた四三首の詩を『全唐詩』に残すのみである。このうち五言律詩は二八首、七言律詩は三首を数える。

＊　七言律詩が則天武后の朝においてくふうされはじめたことについては、高木正一氏に「景龍の宮廷詩壇と七言律詩の形成」と題する論文があり、一九六四年の『立命館文学』第二二四号に見える。「景龍」は、則天武后の年号で、七〇七―七〇九。

# 盛唐の文学と杜甫

**唐詩の四区分**

唐王朝は、李淵(りえん)（高祖）によって六一八年建国された統一王朝であるが、九〇七年の滅亡まで、ほぼ三百年続いた。この時期、中国は南北の両シルクロードを経済動脈として、西はヨーロッパ、そして西南アジア（中近東）、南はインドの諸文明を吸収する一大文明国、そして経済大国として空前の発達をしたが、同時にまた国内においては、詩をはじめとする文学全盛時代をきりひらいた。首都の長安（今の西安(シーアン)）は、当時百万の人口を数え、ユーラシア大陸随一の大都市であったという。そしてそこには、各国の文明がきらびやかに混在し、各国の使節も往来していた。日本でも十数回にわたって遣唐使の派遣を計画し（そのうち実際に使節が渡唐したのは十三回）、中国と直接交通をすることによって、日本の文明が急激に開けていったことは、数々の歴史的事実が示しているとおりである。

中国の代表的文学活動を問題にする場合、一口に、「漢文・唐詩・宋詞(そうし)・元曲」という。漢代を代表する文芸は「文章」（韻(いん)文を意味し、具体的には「賦(ふ)」という美文をいう）であるのに対して、唐代を代表する文芸は「詩」であり、次の宋代は「詞」（詩余・長短句ともいう。音曲文芸から発達した詩形式の一種）、元代は「曲」（歌劇の台本）が、その時代を代表する文芸だというのである。

中国詩はたしかに、唐代において空前の流行と発達とを示した。唐代の詩を考える場合、初唐・盛唐・中唐・晩唐という四期に区分して考える扱い方が、宋代以後一般化されている。この四期をいつからいつまでと限定するかについては、学説による相違が若干はあるが、おおむね、建国から約一世紀が初唐、次の約半世紀が盛唐、その次の約七〇年が中唐、残りの約七〇年が晩唐であると考えてよい。

唐詩の四区分のうち、特に盛唐の時期が、詩の絶頂期であるとするのは、今日では文学史の定論である。杜甫はこの盛唐期に生をうけて活躍し、王維や李白とともに、唐詩の絶頂期を作ったのである。盛唐の時期は、七一〇年、睿宗の即位の年から、玄宗の時代（在位七一二―七五六）、そして粛宗（在位七五六―七六二）を経て、次の代宗の永泰元年、七六五年までと考えるのが一般的である。杜甫が生まれたのは七一二年、没したのは七七〇年であるから、その生涯のほとんどが盛唐の時期ということになる。

## 盛唐の詩風

唐建国後約一世紀の初唐の詩壇は、先にも述べたように「今体詩」＊（近体詩）の流行のきざしや、「歌行体」と称する〝ものがたりうた〟の流行などもあって、それなりに新しいいぶきも見られるのであるが、概していえば、六朝から隋代にかけて流行した詩的修辞技巧がなおしきりに継承された時代であって（一口にそれを斉・梁の詩風という）、極度の技巧主義がややマンネリズム化して詩人たちを支配していた。

しかし次の盛唐の時期になると、さまざまな個性を持つ詩人たちがあいついで現われてそれぞれ奔放に自己の才能を発揮し、初唐の時期に見られたマンネリズムは一掃された。盛唐の詩風は、実質的には孟浩然（六八九―七四〇）からはじまると私は考えるが、引き続いて王昌齢（六九八―七五七?）・王維（六九九―七五九）・李白（七〇一―七六二）・高適（?―七六五）・杜甫（七一二―七七〇）・岑参（七一五―七七〇）などの、それぞれに独自の個性を持つ詩人たちがあいつぎ、世にいう盛唐の全盛期を作るのであった。このほかにもなお、盛唐期を飾る詩人たちは求められるのであるが、いまは主要な詩人をあげるにとどめておく。

これらの詩人が、それぞれどういう個性の持ち主であったかはすでに別にしるしたので、** いまここで重複して述べることを省略するが、この時期の詩人たちは、それぞれに自己の性格にマッチした芸術様式を、身につけようとしたということがいえるように思う。たとえば同じく風景を詠じながらも、孟造然は、印象派の画家を思わせるようなタッチを示すのに対して、王維は、象徴詩人を思わせるような奥ゆきを示す。王昌齢は、多面的な才能があり、感覚的な、ときには官能的なひらめきをも示すのであるが、それに対して岑参の詩は、新感覚派ともいうべきか。李白は、まことに奔放な詩人で、野獣派を思わせるようなとらわれない自由さがある。近代以降の芸術様式の型を、ただちに八世紀の詩人にあてはめて理解するということは、当時はまだ、そうした芸術様式に対する自覚がなかったのであるから、若干の危険がたしかにあるが、いまはたとえばなしとしてわかってほしい。杜甫は、そうした個性追求の詩人たちのひとりとして、自分の個性を当然のこととして追求したのであった。

*　鈴木修次「初唐における歌行体の詩の文芸性」（講談社学術文庫『唐代詩人論』㈠）
**　鈴木修次「孟浩然論」「王昌齢論」（講談社学術文庫『唐代詩人論』㈠）
鈴木修次「李白論」「高適論」「岑参論」（講談社学術文庫『唐代詩人論』㈡）

# 杜甫の交友

## 盛唐詩人の交友関係

さきに掲げた盛唐の代表的詩人たちは、相互に交友関係を持ち、折あるごとに、詩を贈りあっていた。したがって、盛唐の詩人たちは、お互いのつきあいをとおして、相手の個性を尊重するとともに、いよいよ明確に自己の個性を主張するようになったのだということができる。たとえば、孟浩然と王昌齢・王維・李白とは、お互いに交友があり、詩を贈答しあっている。また、李白・高適・杜甫は、ある時期つきあいがあったし、王維・岑参・杜甫は、また別にそれぞれつきあいを持っていた。

一般論的にいって、すぐれた芸術家というものは、単独には存在しない。力量が匹敵するライバルのような者がつねに並存して、お互いに他者を意識しながら、ますます自己の個性と才能にみがきをかけてゆくものである。盛唐の代表的な詩人たちも、まさしくそうであった。友人、あるいは同世代の先輩、あるいは後輩から受ける刺激は、芸術家にとって、しばしば師からの教導以上の収穫をもたらすものである。その意味において、すぐれた個性の持ち主との交友は、芸術において欠かすことができないものなのであるが、杜甫もまた、その生涯においてそうしたよき友人を持ち、友人との刺激を通じて、それぞれがお互いの個性を相乗的に発揮するようになったのである。しばらく杜甫の交友を、具体的に考えてみよう。それを考えることは、やがては杜甫の芸術を考察する上で、かなり重要な意味を持つようになる。

## 岑参と杜甫

### 家柄の共通性

岑参（しんじん）は、杜甫より三歳若いが、その家柄が共通するところがあるということもあって、杜甫は岑参と、若いころから交友関係を持ち、かなり深いつきあいを持っていた。

岑参の家も、杜甫の家も、ともに伝統的な官僚の家柄であった。ただし、岑参の家の方が当時は名門であったし、官界に身を寄せるのも岑参の方が早かった。また詩人としても、岑参の方が早くから秀才詩人としての名声が高く、愚直な杜甫の及ばぬところがあった。そのために杜甫は、岑参にはしばしばコンプレックスを抱いていたようである。正直な杜甫は、それだけに、自分よりは若い岑参に畏敬の念を抱きつつ、岑参から吸収できるものは、たくましく自分の血脈にしていったと見られる。

岑参は、二九歳の暮の作である「感旧の賦（ふ）」において、国家六葉、吾が門三相（矣）。

といっているが、唐の高祖から、岑参の時代の玄宗までの唐王朝六代のうち、一門から三人の宰相を出した家柄であった。一方、杜甫は、京兆（陝西省西安一帯の地）杜陵に本籍を持つ杜氏の出身であることをしばしば自分でもいうが、実はその分家の襄陽（湖北省）の杜氏の出身で、中級官僚の家柄であった。家柄を比較すると、岑参の家の方が、杜甫の家柄よりずっと上になるが、岑参の祖父、岑景倩は、則天武后の時に弘文館学士をしており、それは杜甫の祖父の杜審言が修文館学士（修文館は、後に弘文館と改名された）であったのと、おおむねつりあっていた。祖父が同じような地位にいたということが、杜甫と岑参を、いっそう親しい間柄にしたものであろう。岑参は、天宝三年（七四四）、杜甫三三歳の時に、三十歳で進士を次席で及第したが、そのころ杜甫は、まだ進士に合格もできない浪人中の身で、この秀才にして同時に詩才にもすぐれる岑参には、畏敬の念を抱かざるをえなかった。

### 岑参の詩と杜甫の「兵車行」

岑参はなかなかのロマンチストで、早くから西域（中央アジア）の風物にあこがれ、その地を踏査したいと夢みていた。岑参が三五歳のとき、ようやく年来の念願がかなって、安西四鎮節度使高仙芝の掌書記（節度使の幕僚）として、安西都護府に赴くことになった。天宝八年（七四九）のことであった。そのころの安西都護府は、今の新疆省庫車、当時の亀茲に置かれていた。ついで天宝十年三月には、高仙芝が河西節度使・武威太守に任ぜられるとともに、武威（甘粛省）の地に赴くことになるのであるが、その年の五月には、西アジアの大国であったサラセンの軍と唐軍との激突が、中央アジアのタラス河畔においてであり、高仙芝はその戦場に指揮をとることになった。このとき岑参は、武威にとどまって高仙芝を見送ったのであるが、タラスの戦いに赴く官軍が経過するであろう中央アジアの古戦場のさまを想像して、次のようにうたった。

夜静かにして　天は蕭條　　夜静天蕭條
鬼哭　道傍を夾む　　鬼哭夾道傍
地上には　髑髏多し　　地上多髑髏
皆　是れ　古戦場　　皆是古戰場

（岑参「武威にて劉単判官の安西行営に赴くを送り、便ち高開府に呈す」）

＜「高開府」とは、この年の正月、開府儀同三司に叙せられた高仙芝をさす。＞

この四句の岑参の句は、そのまま、杜甫の翌年の作と考えられる「兵車行」の、次の部分に共通するものがある。

君見ずや　青海の頭　　君不見青海頭
古来白骨　人の収むる無し　　古來白骨無人收

新鬼は煩冤し　旧鬼は哭し　　新鬼煩冤舊鬼哭
天陰り雨湿うとき　声　啾啾たるを　　天陰雨濕聲啾啾

（杜甫「兵車行」の末の句）

＜「兵車行」については、後にまた述べるが、杜甫が社会詩人として脱皮した第一作で、四十一歳、天宝十一年の作と考えられる。「煩冤」は、もだえるさま。「新鬼」は、戦死したばかりの死者。「旧鬼」は、年代を経た死者。＞

「鬼哭啾啾」ということばの出所として知られる杜甫のこの有名な部分は、西域から伝わった岑参の詩の一部分を意識して、杜甫なりに、空想の世界でアレンジした可能性がきわめて強い。

**岑参兄弟と渼陂に遊ぶ**

三七歳の初秋、西域から長安にもどった岑参は、以後二年半、長安に留まるが、その間、高適・儲光羲・杜甫・薛拠らの詩人と、長安の慈恩塔（慈恩寺の塔）に登って共に詩を賦したり、あるいはまた、杜甫とつれだって、長安の西南にある渼陂という池に遊んだりした。このとき杜甫は、「渼陂行」（渼陂のうた）と題する七言二八句のかなり長篇の詩を作ったが、そのはじめにうたっていう。

岑参の兄弟　皆　奇を好み　　岑參兄弟皆好奇
我を携え　遠く渼陂に来たりて遊ぶ　　攜我遠來渼陂遊

岑参には、渭(い)・況(きょう)・参(しん)・秉(へい)・亜(あ)と五人の兄弟があったが、このとき、岑況と岑参とが杜甫を誘ったものと考えられる。このとき杜甫は、四二歳か四三歳であったが、まだ仕官できず、浪々の身であった。岑参兄弟は、この不遇な立場にある杜甫をなぐさめようとしたのであった。岑参の兄弟が「奇を好む」と杜甫がうたったのは、すばらしいことが好きだの意。「奇」は、日本語でいうものめずらしい意とは異なる。岑参の次兄の岑況は、詩人の劉長卿(りゅうちょうけい)と親しく、劉長卿に岑況に寄せる詩二首を残し、やはり詩を作った人と考えられるが、岑況の詩というのは今は残されていない。

## 岑参の詩風と杜甫

岑参がロマンチストであったということはすでに述べたが、しばしば岑参は、空想をはせて詩を作るところがあった。かれの中央アジアの詩も、時にその地をふまずに、空想・幻想によって作られているものがある。杜甫の「渼陂行」は、杜甫の作品の中では珍しく空想性ゆたかな、幻想的作品になっているが、このとき杜甫は、岑参の詩風を意識しつつ、岑参の好みにあわせようとしたのかも知れない。

前半生の杜甫は、実は、リアリストとしての性格が強く、写生・写実にはすぐれていたが、空想・幻想には弱いところがあった。杜甫は、岑参とのつきあいをとおして、自分の弱い所を知るとともに、岑参の長ずる所も知り、年からいえば後輩ではあっても、珍重すべき才能を持つ岑参の詩風から、できるかぎりのものを学びとろうとしたのであったと考えられる。そうした点では杜甫は、純朴といってもよいほど、すなおな人であって、他人のすぐれているところは、どんどん吸収していった。実のところ、そうしたすなおな驚きの心があればこそ、杜甫は後年、みごとな独自の芸術の世界を構築していったのである。

杜甫にはまた、「渼陂西南の台」と題する五言二四句の作品もある。この詩においても前半においてできるかぎり幻想的場面をとりいれつつ、全体としては六朝時代の謝霊運（三八五―四三三）の詩風にあやかっており、日頃の杜甫の詩風とは異なっている。この詩も、「渼陂行」と同時の作品であると古来説かれているが、杜甫は岑参とのつきあいの場をとおして、日頃の自己とはいささか異なる詩的世界を展開させようとするところがあったと見られる。自分の及ばぬところは、杜甫にとってすべてが学習であったのだ。

## 杜甫の岑参評

天宝十三年（七五四）、岑参四十歳、杜甫四三歳のとき、杜甫は九月九日の重陽の節句にちなんで岑参に五言十二句の詩を贈ったが、その中で、

岑生　新詩多し　　岑 生 多 新 詩

（杜甫「九日寄岑参」）

といった。岑さんには「新詩」がたくさんある。「新詩」は、一般的用語としては、新作の詩、最近作られた詩の意に用いられる場合が多いが、この場合は、新趣向の詩を意味させているであろう。

岑参は中央アジアにあって、数々の新作の詩を作っては、それを都にもどる友人に託して都への伝達を期待し、はからずもそれは、当時における西域風物の報道詩の役割りをするようになった。杜甫はそれにヒントをえて、やがて杜甫好みの社会的題材の詩をいろいろと作って、岑参にあやかって報道詩として流してゆくのであるが、岑参の詩には、題材や幻想的ロマン性において新しさがあるとともに、詩のはたらきの場の開拓においても、新しさがあった。そのことについてはすでに別に論じたところでもある。* 杜甫は岑参のそうした新しい趣向に感心していたので、「岑生新詩多し」といったものと考えられる。

杜甫はまた、後年、雲安において（時に杜甫は五四、五歳）、岑参の詩にこのごろはあまり接することができなくなったことをなげいて、

斗酒新詩　終(つい)に自(おのずか)ら疎(そ)なり　　斗酒新詩終自疎

（杜甫「寄岑嘉州」）

というが、そこでもやはり「新詩」ということばを使用している、その詩において杜甫はさらに、岑参を、六朝詩人の謝朓(しゃちょう)（四六四―四九九）の清新さになぞらえ、

謝朓毎篇　諷誦(ふうしょう)するに堪(た)えたり　　謝朓毎篇堪諷誦

（杜甫「寄岑嘉州」）

△「岑嘉州」とは、嘉州刺史に任ぜられた岑参。岑参が、嘉州刺史になったのは、永泰元年

（七六五）、の十一月、このとき杜甫は、すでに雲安にあった。〉とうたった。

謝朓という詩人は、六朝時代の斉の代表的な詩人で、梁の鍾嶸の『詩品』において、「微しく細密に傷あるも」という前提をおきながらも、「奇章秀句は、往々にして警遒」と批評されている詩人である。「奇章秀句」とは、すばらしいことばづかいをいい、「警遒」とは、警抜遒勁、ずばぬけた力量を示し、よくひきしまっていることをいう。杜甫はおそらく、鍾嶸のこの謝朓評を脳裏に描きつつ、あたかもそれに似る岑参の詩を謝朓になぞらえてほめたたえたのである。

杜甫は

吾人は詩家の秀にては　吾人詩家秀

博く世上の名を采る　博采世上名

（杜甫「同元使君春陵行」）

ということばを、後輩の元結（彼は杜甫よりも七歳若かった）にむけていっているが、「詩家」とは詩の専門家、詩の専門家ですぐれていると目される人に対しては、たとえ後輩であっても、その作品を尊重するというこのことばは、岑参に対してもやはりあてはまるところがある。岑参の詩の新しさに、杜甫はつねづね、ある種の畏敬の念を抱き続けていたものと思われる。

杜甫が岑参と特に親しくしていた天宝十二、三年ごろから、杜甫の作品には、空想的イメージの発露がかなり顕著に示されようとするのであるが、それらにも岑参の詩風からの影響が考えられるかも知れない。しかしそのことを論ずるためには、別に専門的論文を準備しなければならないので、今はおおむねの見通しの方向をしるすにとどめておく。岑参は、七七〇年、五六歳で成都の客舎で病没したが、その年に杜甫もなくなったというのも奇しき縁であ る。

＊　鈴木修次『唐詩―その伝達の場』（ＮＨＫブックス）の中の「報道の詩」において、岑参の西域詩と、杜甫の社会詩との伝達面での共通性について論じたので、参照してほしい。

## 李白と杜甫

### 二大詩人の出あい

李白は、杜甫よりも十一歳年長者である。李白との直接のつきあいがあったのは、李白が四四歳から四五歳にかけて、そして杜甫は三三歳から三四歳にかけてであった。この二大詩人の歴史的出あいは、このあしかけ二年に限られたのであるが、杜甫はこのとき李白から強い影響を受けたに違いない。以後杜甫は、しばしば李白を思いおこしては李白をしのぶ詩を作っている。

李白という人物は、杜甫のような官僚社会の出身者からすれば、まったくの型やぶりの、なんともとらえようのない、奔放な自由人であった。気まじめな杜甫は、李白に出あった当初、こんな人間もいるのか、そういう人生もあるのか、とびっくりしたに違いない。

李白の生いたちについては、こんにちなおいろいろとわからぬところがあるが、*父は中央アジアを舞台に活躍していた隊商であったらしい。巨万の富をたくわえて、蜀（四川省）に定住し、そのとき李という姓を名のり、人々から「李客」（お客さんの李さん）とよばれていた。父のそれまでの姓は明らかでなく、また正式の名もわからない。李白は、父が蜀に寓居する前、西域、こんにちの中央アジアのどこかの地で生まれた。一九七一年に出版された郭沫若の『李白と杜甫』は、李白の出生地を、条支国の砕葉、今のソ連領中央アジアの地であろうと推定している。

李　白

若い李白は、当時の若者なら抱くであろう官吏採用の国家試験を受けて政府の高官になろうなどという気持ちはまったくなく（実はその生いたちから、官吏採用試験の受験資格がそもそもなかったらしい）、十代の彼は、道教の世界にあこがれを抱いて、四川の地の奥にそびえる峨眉山と岷山の間を何度か往復し、道士（道教の修行者）になろうと志していた。やがて二十を過ぎて江南に出て、めきめきと詩才を発揮するようになるのであるが、玄宗の天宝元年（七四二）、推薦する人があって、玄宗の翰林院の供奉という役につくことになった。これはまことに破格の人事である。翰林院供奉というのは、さしあたりこんにちの日本に例をとっていえば、学士院会員と芸術院会員とを兼ねたような地位であった。時に李白は、四二歳である。

自由人の李白はしかし、結局のところ宮仕えが肌にあわなかった。翌々年、四四歳の三月には、あっさり翰林供奉の職を辞任してしまった。宦官として当時権力をふるっていた高力士と大げんかしたのが原因であると通俗には説かれている。

**梁宋の遊びと石門の別れ**

その年の秋、李白は、まだ官吏採用試験に合格もできず、うだつがあがらない状態でいた高適と杜甫とをひきつれて梁・宋の地（今の河南省）に遊び、さらに斉・魯（河南から山東の地）に遊び、天宝四年（七五四）の秋、山東の石門で李白は杜甫・高適と別れた。

李白と杜甫の直接のつきあいは、この時期だけであったが、高適をまじえて三人は、さんざん飲み明かし、また思いのままに文学論をかわしたらしい。杜甫と別れるとき李白は、

何れの時か　石門の路にて　　何時石門路
重ねて　金樽の開くこと有らん　　重有金樽開

（李白「魯郡東石門送杜二甫」）

〈「杜二甫」とは、杜甫、「二」は排行を示す。〉

とうたった。「石門」は、今の山東省曲阜の東北にある。後に杜甫は、この時の別れを思い出して、翌年、一説によれば翌々年、「春日李白を憶う」という詩を作っているが、その中で、

何れの時か　一尊の酒もて　　何時一尊酒
重ねて与に細やかに文を論ぜん　　重與細論文
（杜甫「春日憶李白」）

とうたっているが、杜甫のこのことばは、李白が別れにさいして杜甫に贈った詩のことばを下敷きにしている。「一尊」は「一樽」、「文を論ぜん」とは、文学論をかわそうという意である。ともに酒好きな二人が、痛飲しながら文学論にふけった姿がほうふつと思い浮かべられる。

## 李白に寄せる敬慕

斉州（山東省の地）を訪れた李白は、やがて高天師という高名な道士から、道士の正式資格を証明する「道籙」を受けて、正式に道士の資格をうることになるが、官吏になることだけを願ってもっぱら儒学の勉強だけにいそしんでいた杜甫には、李白のこのときの心境などさっぱりわからなかったことであろう。李白と杜甫とは、このように、教養も好みもまったく違っていた。それでいて杜甫は、李白と別れたあと、しきりに李白のことを思いしのぶ。李白・杜甫・高適の放浪の旅は、杜甫にとっては忘れがたい人生の大きなできごとであっ

たようで、五五歳の時の杜甫の作品である「昔遊(せきゆう)」や「遣懐(けんかい)」の詩において、そのときの旅を、実に楽しげに追憶している（高適と杜甫の項を参照）。

李白が杜甫に与えた詩というのは、先に紹介したものを含めて二首しかないが、杜甫の方は、少なからず李白に思いを寄せる詩を残している。李白にしてみれば、十一歳も年下の杜甫を、詩ができるうい奴じゃといったていどにしか思っていなかったかも知れないが、杜甫の方では、これまで自分にはなかった性格面・教養面の刺激も含めて、かけがえのない多くのものを李白から学んだのであった。以後、杜甫が李白を思いおこし、李白をしのぶ詩を作るときは、ふしぎに杜甫自身が精神的にピンチにおちいっている場合が多いが、杜甫は心がふさぎこむと、豪放磊落(らいらく)な李白を思いおこしたのであった。杜甫が李白に寄せる心情は、一方的な敬慕であったが、李白を知ったということは、以後の杜甫の人生にとって大きなプラスになった。

## 「山寺」の詩と李白の句

後年の杜甫は、時に李白の句を利用し、あるいは李白の句を下敷きにしてアレンジする場合がある。それは杜甫が李白から受けた直接の文学的影響である。たとえば杜甫は、四八歳の時、あしかけ五年つとめた官僚生活をやめて、家族ともども放浪の旅に出るのであるが、その年の秋、秦(しん)州（今の甘粛省天水県）という町で、「山寺」と題する五言律詩を作る。安禄山の乱後、廃寺に近くなっているある寺（麦積山にある瑞応寺であったのではないかとする説がある）について、ついさきごろまでのこの寺の栄光をしのびながら、現実のうらぶれた様相を写し、その終りを次の二句で結ぶ。

上方　重閣の晩　　　上方重閣晩
百里　秋毫の見ゆ　　百里見秋毫

（杜甫「山寺」）

夕ぐれ、山頂に近く、重なりあった伽藍が、夕日を受けて、さながら秋の鳥の柔毛が見えるふぜいに、その細部までくっきりと見えたとうたうのであるが、この最後のかなり大胆な表現の句、それは実は、李白の句をそっくり利用するものであった。

李白の若いころの作品に、「放てる白鷹を観る」と題する五言絶句があるが、その後半の二句に、

孤り飛ぶ　一片の雪　　孤飛一片雪
百里　秋毫の見ゆ　　　百里見秋毫

（李白「観放白鷹」）

という。杜甫の「山寺」が李白の句をそっくり用いているということは、これまで先人の誰もが気づかなかったところで、私の発見であるが、「山寺」の結びの句が、李白のこの句をそっくり用いたものであることは明らかである。李白のこの詩は、李白三六歳、山西省は太原の地に遊んだおり

のものと考えられている。

李白三六歳というと、開元二三年、そのころ杜甫は二五歳。そうしたとき杜甫は、二三年もたって、李白のこの句を使いこんだのだということになる。「百里秋毫の見ゆ」といういいかたは、李白の作品においてはいかにもよく落ちつくが、杜甫の「山寺」の場合にあっては、大胆な飛躍でありすぎる嫌いもある。しかし杜甫はこのとき、李白の奔放な句を、あえて自分の作品の中にとりこんだ。それはなんとかして、李白のスケールの大きさと直観の鋭さに迫りたいという意欲のあらわれであるにほかならない。

**「旅夜書懐」と李白の句**　五四歳の杜甫は、渝州から雲安にかけての地で、「旅夜懐を書す」と題する五言律詩を作った。この五律は、杜甫の傑作のひとつに数えられる名作であるが、その第三・四句に、次の対句の聯をくふうしている。

星垂れて　平野は濶く　　星垂平野濶
月湧きて　大江は流る　　月湧大江流
（杜甫「旅夜書懐」）

この二句は、李白が若いころ蜀から楚のくににはいったときの作、「荊門を渡りての送別」と題する五言律詩の第三・四句、

山　随　平　野　盡
江　入　大　荒　流

山(やま)は平野に随いて尽(つ)き
江(こう)は大荒(たいこう)に入りて流る
（李白「渡荊門送別」）

を下敷きにしつつ、杜甫の好みにあわせて作りかえているのであろう。この件については、すでにそれをいう人もあり、私の発見とはいえないが、杜甫の句は、李白にヒントをえながら、いっそう緻密(ちみつ)な対句にしたてあげている。このとき杜甫は、李白を飲みつくしたということができよう。

李白の詩は、二十歳代の前半、四川から楚にはいる時の作と考えられるが、別には五九歳の作だとする説もある。その説に私は賛成しないが、かりに李白五九歳の作だとしても、杜甫がその句を応用することは十分に可能である。なぜというに、杜甫がこの句をくふうした五四歳の時より三年前に、李白はすでに病没していたからである。

この場合の李白の対句と杜甫の対句とをくらべて見たとき、軍配はもちろん杜甫にあげられよう。李白の句は、いかにもおおらかであるが、どこかしまらないところがある。それに対して杜甫の句は、きびしく、稠密(ちゅうみつ)で、ほかに言いかえがきかないほどみごとにしたてられており、対句として完成の域に達している。

李白の句を応用する杜甫の場合、李白のもとの詩がうたわれてからずいぶん年数を経ているが、これがまた杜甫の性格に出るものであって、杜甫はなっとくがゆくまで時間を介在させて観賞し、観察し、それがのみこめるときになってはじめて、自分のものとして使いこんでゆくのであった。

　李白に出あったころの杜甫は、李白の大きさにくらべたとき、あまりにもちっぽけな自分にあきれ、衝撃を受けたことであろう。しかしいまや杜甫は、李白まで飲みこんでしまう大詩人に成長してきたのである。長い時間をかけ、格闘したあげく、ようやくえた杜甫の詩境は、ついに李白を飲みこむことまで成功した。

＊　李白については、このシリーズの一冊として岡村繁氏の『李白』が予定されているので、それに多くを譲ることにしたが、私にも「李白の出生をめぐって」「李白の閲歴と作品」「李白の奇想性」などの論があり、講談社学術文庫『唐代詩人論』(二)の「李白論」に収める。参考にしていただけると幸いである。

## 王維と杜甫

### 多面的な秀才王維

　王維は、李白よりも二歳上、従って杜甫より十三歳年長ということになる。王維の家は高祖父・曽祖父、そして父がみな司馬の官で終わっているので、そうした点では、杜甫の家とも似かよった中級官僚の家柄であったということになるが、しかし王維は、早くから秀才のほまれが高く、音楽や絵画にもすぐれ、若き芸術家として、玄宗の弟たちを中心とする宮廷貴族社会の寵児であった。十九歳の時には、長安のおひざもとの京兆の府試（官吏採用試験のための地方試験）に首席で合格、引き続いて二一歳の時には進士の試験に及第した。しかし貴族社会の寵児であったことがわざわいして当路の人から嫌われ、予想に反して大楽丞という低い官を与えられ、最初の挫折を味わわされた。

王維は、その人生において、少くも三度の大きな挫折を経験する。*第三番目の大きな挫折は、五八歳の時、そのころ給事中という宦官の取締り役の地位にあったが、前年挙兵した安禄山の賊軍に長安で捕虜にされ、安禄山の本拠であった洛陽につれてゆかれて、安禄山の政府の給事中にむりやりさせられたことであった。やがて安禄山がむすこに殺され、官軍が長安・洛陽をとりもどすとともに、王維も官軍側にもどることができたが（このときすでに六十歳）、心ならずも賊軍の政府に身を置いた王維は、「穢れ汚れし残骸、死滅せる余気、伏して明主に謁す、豈に自ら心に愧じざらんや」（「太子中允に除せられしを謝するの表」）と、深い傷心にさいなまれた（粛宗の乾元元年のこと）。

**傷心の王維をなぐさめる**

ただしかし、時の天子の粛宗は、王維の弟の王瑨（この人は後に宰相となる）に深い信頼を寄せていたので、王瑨が兄の罪をわびたのに免じて、王維に対しては位一級おとして太子中允にあて、その罪を許したのであった。この時杜甫は安禄山の乱における忠誠心がめでられて（このことについては後述する）、左拾遺という天子側近の官にあったが（時に杜甫は四七歳。前年から左拾遺であった)、傷心の王維をなぐさめるとともに、王維とつれだって作詩の遊びをしている。杜甫と王維と直接のつきあいを持ったのは、このときの短い時でしかなかった。なぜといえば、その年粛宗の乾元元年の六月、杜甫は左拾遺から華州司功参軍事に左遷されて、長安を離れるからである。

杜甫が傷心の王維をなぐさめた詩は、「王中允維に贈り奉る」と題する五言律詩である。この詩の中で杜甫は、ひどい悲しみの中でもきっと詩がおありであろう、願わくはそれをうかがいたいものだと述べている。この年崔季重の別荘に招かれて遊んだときは、ひたすら謹慎している王維のことを思って、

何為れぞ　西荘の王給事
柴門空しく閉ざして　松筠に鎖さる

何爲西莊王給事
柴門空閉鎖松筠

(杜甫「崔氏東山草堂」)

と王維の身を案じている。ひとときは太子中允におとされた王維であったが、同じ乾元元年にもとの官の給事中に復したので、この詩で杜甫は「王給事」といっているのである。

## 王維の詩風と杜甫

王維と杜甫とのつきあいの時期は、長くはなかったが、しかし杜甫は大先輩にあたる傷心の王維に、深いいたわりの心をもって接している。それならば

杜甫は、王維から学ぶところがあったであろうか。残念ながらこのとき杜甫は、王維の詩の持つ芸術性や詩境の深さを、十分にわかる境地にはいなかったようである。

王維は、先にも述べたように、若くして秀才のほまれが高く、多方面に芸術的才能を発揮し、また母の影響もあって、仏教に寄せる関心もきわめて深かった。そうしたことがあるために、いきおい王維の詩は、自然の景物を詠じた詩であっても、単に自然詠のみにとどまらない象徴性を示すのであるが、それに対して、官吏採用試験にも結局は合格できず、世俗的には「鈍才」であり、現実に対していちずにきまじめな杜甫は、現実からの逃避を思わせるような芸術至上主義をかならずしも好まなかった。王維と杜甫とは、性格的に異なるところがあった。

王維はみずから、

吾生好清静　　吾(わ)が生(せい)　清静を好む

（王維「東山」）

といい、

人外遺世慮　　人外　世慮(せいりょ)を遺(わす)れ
空端結遐心　　空端(くうたん)に　遐心(かしん)を結ぶ

（王維「送韋大夫東京留守」）

といい、

白眼もて他の世上の人を看ん　白眼看他世上人
（王維「與盧員外象、過崔處士興宗林亭」）

と、人が耳にしたらぎくっとするようなことをいい、

一生幾許ぞ　傷心の事　一生幾許傷心事
空門に向かわざれば　何れの処にか銷さん　不向空門何處銷
（王維「歎白髪」）

などという。「空門」とは、仏門をいう。こうした考え方は、壮年の杜甫にはなじめぬ考え方であった。杜甫は、たとえその身がどういうことになろうと、民衆とともにあらねばならぬと考えていたし、四八歳の秋、官をやめて放浪の旅に出るまでは、民衆のため、社会のために政治悪を追及し続け、そのテーマをうたい続けることこそ詩人の使命だ、ときまじめに思いつめていた。こういう愚直な杜甫と、秀才の芸術家である王維と、かみあうはずも当時はなかったのである。この人生観の違いはまたおのずから、両者の詩人的性格の違いでもあった。

**晩年の杜甫と象徴性**

晩年の杜甫は、しかし違っていた。官僚であることをやめ、さすらいの旅人として自己追求の毎日を送る杜甫は、しだいに仏教の世界にも関心を寄せるようになっていったと見られる。杜甫と仏教との関係については、いまなお定論とすべきものはないが、た

とえば黒川洋一氏は、その著『杜甫の研究』第三章において、「杜甫と仏教」の章をおき、杜甫が慧能を祖とする南宗禅にしだいに傾斜していった可能性があることを述べている。また最近の中国の研究者の中にも、杜甫が仏教とかかわりを持ったことを述べる論もあって、杜甫と仏教との関係がしだいに学問的論議の対象になろうとしているが、私もそうした方向において晩年の杜甫を考えることに賛同している。

王維の母が、北宗禅の熱心な信者であったことはよく知られている。王維自身の仏教がどういう傾向のものであったか、なお明らかでないが、北宗禅と当時の中国の浄土教とを加味したようなものであったのであろう。王維の詩からは、多分に禅的な雰囲気がうかがえる。そうしたとき、晩年の杜甫は王維の心情や性向を、十分理解できる素養をそなえたということができる。

のみならず後半生の杜甫には、景物の描写を心象の描写にかえてうたう例をしばしば見る。それは王維に見られた象徴詩的技法そのものである。たとえば杜甫五六歳、夔州での作になる五言律詩「日暮」に、

石泉流暗壁　　石泉は　暗壁に流れ
草露滴秋根　　草露は　秋根に滴たる
（杜甫「日暮」）

という、細緻な、叙景の対句をくふうするが、この二句は、景物の描写であるとともに、しだいに

衰えを感じはじめた杜甫自身の心象の譬喩でもある。杜甫が捕捉する景物の好みは、王維の好みとおのずから違ってはいるが、叙景句を心情の象徴として配置するくふうそのものは、かつて王維が試みたものと同質であるといえる。してみたとき、後年の杜甫は、好みにおいては王維の詩的世界とは違っていたとはいうものの、詩の技法としては、王維のくふうをも咀嚼したということが可能である。杜甫の詩は、最後には叙景が象徴的な響きを持たせる幽遠さをそなえたがゆえに、文学の歴史に残る名作になりえたのである。

　杜甫は晩年、夔州時代の詩、「解悶」と題する十二首の絶句の〈其の八〉において、王維をたたえ、

不見高人王右丞　　見ずや　高人王右丞
藍田丘壑蔓寒藤　　藍田の丘壑　寒藤蔓る

とうたっているが、そこには晩年の杜甫の、王維に対する敬慕の心がしのばれる。

＊　王維の生涯について、この稿で十分に説き去ることはできなかったが、王維についてはすでに『唐代詩人論』㈠（講談社学術文庫）において、「王維の人生」「王維の詩風」をあわせて「王維論」として論じたので、くわしくはそちらに譲ることにした。

## 高適と杜甫

**李白と高適・杜甫**

高適は、杜甫をよく知る人であり、あるときは杜甫の生活のめんどうを見てやった人でもあり(杜甫の成都時代)、杜甫にとってはかけがえのない心の友であった。高適の生年については、正確なところがわからないが、一九六五年に阮廷瑜という高適の研究家によって、七〇七年生まれではなかったかという説が出された（高適年譜）。もし七〇七年生まれならば、李白より六歳若く、杜甫より五歳年長ということになって、ほぼ納得できる年かっこうになる。

李白が高適・杜甫をたずさえて、梁・宋（河南省）の地から山東地方に遊んだのは、李白四四歳、杜甫は三三歳のとき、そして高適は、阮廷瑜の数え方に従えば、三八歳ということになる。このとき高適は、杜甫同様、なお官吏採用試験に合格できず、浪々の身であった。杜甫は二九歳のころ高適と汶水で出あったことをいうが（「奉寄高常侍詩」）、高適が杜甫をほんとうに知るようになったのは、梁・宋の遊びのころからであった。このとき、共に不遇の身でもあり、性格も慷慨を好むという点では共通していたので、大いに意気投合するところがあったに違いない。

三人はしばしば痛飲しては、文学論に花を咲かせ、時には漢の劉武（文帝の第二子。梁の孝王）

の遺蹟である吹台（河南省開封市の東南）に登ったり、山東省にある単父（県名）の琴台（孔子の門人宓不斉、字は子賤が単父の宰となった時、琴を楽しんで堂をおりぬのに、よく治まったという故事にちなむもの）に遊んだりした。杜甫は五五歳の時、夔州にあっては往時をなつかしんでうたっている。

憶う　高・李の輩と　　憶與高李輩
交を論じて　酒壚に入りしを　　論交入酒壚
両公　藻思壮なり　　兩公壯藻思
我を得て　色敷腴たり　　得我色敷腴
気酣にして　吹台に登り　　氣酣登吹臺
懐古して　平蕪を視る　　懷古視平蕪
（杜甫「遺懐」）

〈「藻思」、詩情をいう。「敷腴」、つやつやするさま。「平蕪」、荒廃した野。〉

またうたう、

昔者　高・李と　　昔者與高李
晩に　単父の台に登りき　　晩登單父臺
（杜甫「昔遊」）

このとき三人は、こうした交遊をとおして、それぞれにお互いの長所をくみとり、学びあうところがあったに違いない。

高適は、岑参と並んで、文学史では「辺塞詩人」（国境地帯や中央アジアの戦争のことを題材にする詩人）として知られているが、岑参とも友人として親しかった。しかしこのとき高適は、杜甫同様、なお無名時代であった。

## 高適の出世と左遷

玄宗の天宝六年（七四七）、玄宗は天下に詔を下し、一芸に秀でる者を通常の「科挙」によることなしに、登用しようとした。このとき三六歳の杜甫は、この善政をたいへんに喜んで、さっそく応募したのであるが、やはり浪人中であった高適も、応募した。しかし時の宰相の李林甫は、批判的文人が抬頭してくるのを恐れて、通常の「科挙」よりもきびしい試験を課して、志願者全員を一律に落第させ、「野に遺賢無し」と玄宗に奏上したのであった。杜甫も、ひどく落胆するのであるが、こうした共通の体験もまた二人をいっそう親密に結びつけることになった。

高適は、天宝八年（七四九）に、有道科という「科挙」に合格したことになっている。このとき杜甫は、なお不合格続きで、しきりに就職の世話を縁者に要請した時期であった。杜甫にくらべるならば、高適はまだ運にめぐまれていた。以後高適は、官界に身を置くことになるが、天宝十四年

（七五五）、安禄山の乱が起こるとともに、そのまじめな人柄と正義感の強さとが認められて、めきめきと出世することになる。高適のその後の栄達を、いまここでいちいち記しているゆとりはないが、御史大夫という、官僚の勤務状況を監督する高官にまでなったのち、宦官の李輔国に忌まれて、太子少詹事、ついで彭州刺史兼蜀州刺史（ともに四川省の州の長官）として左遷された。*

**かけがえのない心の友**

高適が彭州刺史として四川の地に赴任した上元元年（七六〇）の前年十二月、杜甫は長い旅の苦労を経て家族ともども成都にようやくたどりつき、今の杜甫草堂記念館の隣りにある草堂寺（若干の問題はあるが）に寓居していた。高適はさっそく、慰問の五言律詩を杜甫に贈った（「贈杜二拾遺」）。これに対して杜甫も「高使君が相贈らるるに酬ゆ」と題する五律で、慰問に対する感謝の意を表明している。

上元元年の春、杜甫は浣花渓のほとりに草堂を作るのであるが（こんにちの杜甫記念館の地がそれであるとされる）、無収入の杜甫の生活のめんどうを、あれこれとみてやったのは、ほかならぬ高適であった。その年に高適は、また出世して西川節度使となる。この役は、蜀を含めた一帯の地方の最高行政官で、なかなかの権限を持っていた。そしてその年の十二月には、これまた杜甫の心の友であった厳武が、成都尹（成都市長のようなもの）として着任し、以後は厳武も、杜甫のめんどうをみるのに一役加わった。

翌、七六二年六月、こんどは厳武が西川節度使となったが、厳武の在任は長くは続かず、七月に厳武は中央に召還されることになった。すると新たに成都尹として着任したのが、また高適であった。このときの杜甫は、ほんとうに友人にめぐまれていた。

七六五年、五四歳の杜甫は、その五月、家族ともども成都を離れるのであるが、その裏には、その年の正月、高適が刑部侍郎（法務省次官といったところ）として長安で没し、四月には厳武も亡くなったという事実がひそんでいる。つまりは杜甫のパトロン役を買ってくれていた二人の知友が、相ついで故人になってしまったのである。したがって杜甫も、これ以上成都に居を定めているわけにはゆかず、以後死ぬまでの長い旅路に出てゆくのであった。成都時代の杜甫をささえていた者は、生活の直接援助までも含めて、高適と、もうひとりの心の友、厳武の二人であったのだ。

## 高適の詩と杜甫

高適は、その人柄が剛直で気骨の人であったと同時に、その詩も気骨を持った作品が多い。高適と同時代の人である殷璠は、『河嶽英霊集』という当時の代表的詩人の選集を作り、その中に高適の詩を十三首収めて、次のように批評する。「適の詩は、胸臆の語多く、兼ねて気骨あり。」この場合の「胸臆の語」というのは、強固な意志を示すことばの意と理解される。この高適の詩の好みは、そっくり杜甫の好みにもかようものであった。杜甫は、高適に贈る詩を十五首も残しているが、よほど高適とは気があい、また、詩風の好みをかよわせるところがあったものとみえる。したがって杜甫の詩には、高適の詩と詩的発想を共通させるものが時おりある。

たとえば、「辺塞詩人」としての高適はうたった。

君見ずや　沙場 征戦の苦しみを　　君不見沙場征戰苦
今に至りて　猶お憶うは李将軍　　至今猶憶李將軍

（高適「燕歌行」）

〈「李将軍」は漢代、匈奴征討に功績をあげた李広。開元二六年の作。〉

辺兵は　芻狗の若く　　邊兵若芻狗
戦骨　埃塵と成る　　戰骨成埃塵

（高適「答侯少府」）

〈「芻狗」は祭りに使うわらの犬。祭りが終わると捨てられる。〉

行人　血色無く　　行人無血色
戦骨　青苔多し　　戰骨多青苔

（高適「酬裴員外、以詩代書」）

これらの高適の発言は、そのまま杜甫の「兵車行」の次の部分、

況んや復た　秦兵苦戦に耐うとて　　況復秦兵耐苦戰

駆らるること　犬と雞とに異ならず　　被驅不異犬與雞

〈「秦兵」は、長安一帯の地方の兵士。昔の秦の国にあたることからいう。〉

あるいはまた、

君見ずや　青海の頭　　君不見　青海頭

古来白骨　人の収むる無し　　古來白骨無人收

（以上、杜甫「兵車行」）

の詩情とそっくりかようものがある。高適の作詩時代がにわかにはわからないので、この場合杜甫が高適に学んだのだなどとかんたんに結論づけることはできないが、両者の詩には共通する慷慨の情がたしかにある。二人には、共通する気概が流れていたのだということができる。

## 「貧交行」と高適の詩

杜甫に「貧交行」（貧しきときの交の行）と題する作品がある。次のようにうたう。

手を翻せば雲と作り　手を覆せば雨　　翻手作雲覆手雨

紛紛たる軽薄　何ぞ数うるを須いん　　紛紛輕薄何須數

君見ずや　管・鮑貧時の交を　　君不見管鮑貧時交

此の道　今人棄てて土の如し　　此道今人棄如土

（杜甫「貧交行」）

「管鮑貧時の交」とは、昔、春秋時代の管仲と鮑叔牙とが、貧しいときお互いに助けあい、融通しあって、苦しい時期をきりぬけたことをいう。今の人々は、そんな話をもち出すとあざ笑うほど、現代の友情というものはドライになり、非情になったとうたうもので、人間の善意に期待を寄せる詩が多い杜甫にしては、珍しく、人間の「軽薄」さ、つめたさに、怨みを発散させている。

しかしながら、高適にも、これと同様の詩情を述べるものがある。高適はうたった。

見ずや　今人の交態の薄きを　　不見今人交態薄
黄金　用い尽くせば還た疎索　　黄金用盡還疎索

（高適「邯鄲少年行」）

〈「疎索」は、バラバラになるさまを示す擬態語。〉

高適の「邯鄲少年行」は、前出の「燕歌行」を作った翌年、邯鄲（今の河南省から河北省にまたがる地）に立ち寄ったときの作であろうとする説が有力であるが、もしそうだとすればそれは開元二七年（七三九）、杜甫二八歳の時にあたり、杜甫の「貧交行」は、四一歳ごろの作と考えられるので、高適の発言の方が早く、杜甫は高適の「邯鄲少年行」を意識しつつ、「貧交行」を作ったということがたしかにいえよう。

杜甫の詩において、高適の詩にヒントをえているらしい作品例は、なおほかにも拾いあげられる性格的に似かよったところが多くあったであろうことを知ってもらえればそれでよい。高適と杜甫とは、お互い気脈がかよいあう仲であり、のであるが、もうこれくらいにしておこう。

### 杜甫の謙虚さ

ところで、詩人の力量からいえば、杜甫の力量と高適とを比較しては高適がかわいそうなくらい、杜甫の方が数等上に位置している。それは、李白につれられて梁・宋の遊びをしたころ、高適がさか立ちしても、当時は二人とも三十代であったが、そのころからしてすでにそうであったと見られる。それでいながら杜甫は、高適を尊敬し、詩人としての才能においては、杜甫と比較になるものではない。高適の詩に敬意をはらい、自分の作詩に参考になるものは、すなおに使わせてもらっている。

ここに杜甫の、文学の道に対するすなおさと、謙虚な心とを見いだすことができる。国木田独歩の小説「牛肉と馬鈴薯」にある青年のことば「驚きたいというのが私の願いなのです」という、感動的なことばが示されているが、杜甫はつねにすなおに、自分の周辺のものから驚きをくみとり、それを自己の作詩のエネルギーとしていた。そのすなおさが、やがて杜甫を、世にいう「詩聖」の位置にまでたかめさせたのであるということができようが、高適と杜甫とのつきあいにおいては、杜甫の心のすなおさが、実によく、典型的に示されている。そして、それに応じた高適は、つねに、杜甫の期待にたがわぬ、誠実にして、勇気と気骨とを持った人として、終始したのであった。

杜甫が高適を知ったということは、杜甫の人生において、しあわせなことであった。そして杜甫は、かりに詩的力量においては自分の方がすぐれていたにしても、限りなく学べる相手として、敬愛の念をもって高適と長いつきあいを保持し続けていた。

清の翁方綱は、『石州詩話』巻一においていう、

高の渾朴老成は、亦　杜陵（杜甫）の先鞭なり。

すなおな杜甫は、高適の詩から、純朴さと老成の心とを学びとったのだと見るのであるが、この評に私も賛成したい。

＊　高適と杜甫との関係については、『唐代詩人論』㈡（講談社学術文庫）の「高適論」において、くわしく述べたので、この稿ではかなり簡略にしるした。

# Ⅱ　杜甫の生涯

# 杜甫の家系・家族

**杜預を遠祖とする杜氏**　杜甫は、中国の伝統的支配者階層である官僚貴族の家に生まれた。遠い祖先には、晋の杜預（二二二―二八四）がいる。この杜預は『春秋経伝集解』（春秋左氏伝の権威ある注釈書）三十巻の著者として知られる学者でもあるが、同時にまた、晋の武帝の創業の時、鎮南大将軍として建国に貢献し、赫赫たる武勲によって当陽県侯という名誉称号を授けられた武将でもあった。このことは杜甫自身「遠祖当陽君（杜預）を祭るの文」において述べているし、自分はその「十三世」の子孫にあたるということをいっている。

祖先が功業を建て称号を授けられると、その称号にかなう土地がもらえ、その子孫たちは、地主としての生活が続けられるし、また官僚人になれるチャンスも多くなる。杜預を先祖に持つ杜氏は、京兆（長安一帯の地）の杜陵（元来は漢の宣帝の陵の名。その一帯の地は伝統的に官僚貴族たちの居住区であった）に本籍を持ったので、「京兆の杜氏」といわれ、杜甫自身も自分のことを、「京兆の杜甫」（「祭故相国清河房公文」）とも「杜陵の布衣」（「自京赴奉先県詠懐五百字詩」）とも「少陵の野老」（「哀江頭詩」）ともいっている。少陵というのは、漢の宣帝の許皇后の陵で、杜陵の東南にあった。

ただしかし、それは杜氏の本家の所在地をいったものであって、杜甫の家系の杜氏は、襄陽（湖北省）の杜氏で、それは京兆の杜氏の分家であった。

『新唐書』に、「宰相世系表」というのがあり、そこには宰相を出した名家の系譜を掲げているが、それに京兆の杜氏と、襄陽の杜氏の系譜が示されている。いずれも、晋の杜預を遠祖とする。そこに掲げられている京兆の杜氏からは、太宗の時の宰相、杜淹・杜如晦が出たし、後には穆宗の時の宰相杜元穎が出たとしるされている。また襄陽の杜氏からは、中唐の徳宗・順宗・憲宗の三代にわたって宰相をつとめた杜佑（『通典』の作者であり、晩唐の詩人杜牧の祖父にあたる）が出たとされるが、杜甫の家系はそれらとは別で、宰相を出すような名門ではなかった。

杜預に発する杜氏も時代がさがればいくつかの家にわかれるのは当然で、その中のある家系は、たしかに宰相を出した名門であったが、杜甫の家系は、地方官にとどまる者が多かった。杜甫から三代前の時代から唐代にはいるが、曽祖父杜依芸は、唐の鞏県（今の河南省の地）の令、祖父杜審言は、則天武后の側近詩人で、膳部員外郎から修文館学士になった人（前述）、父の杜閑は、奉天県（今の陝西省の地）の県令で終わっている。

そうしてみたとき、現実には杜甫の家系は、あまりさえない中級官僚の家柄であったが、しかし杜甫には、杜預につらなる名誉ある家系だという意識がかなり強かった。

## 杜甫の誕生

杜氏の家が湖北の襄陽に移ったのは、五世紀のはじめごろと考えられている。しかし杜甫が襄陽の杜氏の出であるといっても、それは出生地を意味するものではない。戸籍の所在地をいうのみである。実際に杜甫が生まれたのは、今の河南省の鞏県の地であった。生まれた年は、玄宗が即位した先天元年（七一二）。ただし月は不明である。杜甫が生まれた年は、あたかも盛唐の文明時代が開かれようとする栄光ある時期であった。

父の杜閑は、あまりうだつがあがらなかった人で、いくつかの地方の司馬という閑職を経たのち、最後は、いまの陝西省乾県の地である当時の奉天県の県令になったことがわかっているが、あまり伝記は明らかでない。母は崔氏（中国では結婚後も、女性は実家の姓を名のるのが例）、当時の経済的名家としてきこえていた博陵（今の河北省の地）の崔氏の家系につらなる人であった可能性が強い。しかし母の崔氏は、杜甫を生んだのち間もなく他界し、幼い杜甫は、父の妹である叔母（裴栄期という人物に嫁いでいた）の手で育てられた。杜甫の詩の中に母のことが現れないのは、そうした事由による。杜甫の幼少時は、母のいない不遇な環境の中にあった。

杜甫は、その名からして（「甫」は「始」に通ずる）長男であった。排行を杜二というが、それは一族の男子の出生順序が二ばんめであったことを示すもので、杜甫は、杜閑の長男である。何人かの弟妹がいたが、それには父ののち添いである盧氏の子もまじっていたであろう。四九歳の時、杜甫は「遣興」と題する五言律詩を作るが、その冒頭において、

干戈　猶お未だ定まらず　　　干戈猶未定
弟妹　各　何くにか之く　　　弟妹各何之
（杜甫「遣興」）

とうたう。杜甫四四歳の暮れに安禄山の乱がはじまるのであるが、それから五年、その大乱はなお治まらずであった。杜甫の弟妹は、安禄山の乱をきっかけにして、すっかりバラバラになり、音信不通になってしまった。杜甫の弟妹に有名な人はいないが、それぞれ地方官をするか、地方官であった人に嫁いでいたものと考えられる。

杜甫の弟のうち、杜占という人は、成都時代一時期、杜甫と生活を共にしていた時があり、また、杜穎という弟は、杜甫が成都で工部員外郎の位置にあったときに、杜甫を訪れている。また夔州時代には、杜観という弟が、やはり杜甫をたずねている。これらは皆、そのときの杜甫の詩からうかがえるのであるが、杜占・杜穎・杜観の長幼の序、そしてまた、どういう位置にいた人かは、すべて不明である。杜甫の家は、家族の縁も薄く、かなりわびしい環境にあったようであるが、それがかえって杜甫をはげます結果になったかも知れない。

## 杜甫の結婚

杜甫は、現実にはさして権勢を持ちえない中級官僚の家に生まれた人であったが、それでも一般庶民の眼から見るならば、官僚貴族の末端につらなる人である。そして杜甫自身も、その自覚を持ち、たえず家門を高めようとする意欲を持っていた。

開元二九年（七四一）、数え年三十歳の杜甫は、斉・魯の旅から洛陽（河南省）にもどり、首陽山のふもと、遠祖の杜預と祖父の杜審言の墓があった地にすまいをきめるようになった。杜甫はその家を、陸渾荘と名づけた。そしてその年、楊という姓の夫人をめとった。

楊氏は、後に司農少卿（従四品上）にまで栄進した楊怡のむすめ。それは貴族どうしの、家柄のつりあいを保たせた結婚であったに違いないが、時に杜甫は、進士にも及第せず、浪々の身であった。杜甫の家にくらべるならば、楊氏の家格の方が一ランク上で、したがって妻の方にはそれなりの資産もあり、以後杜甫は、その妻の方からの経済的支援も仰がなくてはならなくなる（後述）。杜甫は、終生この楊氏とつれそった。

### 杜甫の子どもたち

杜甫三九歳の時には、長男の宗文が生まれ、また四二歳の時には、次男の宗武が生まれた。男の子はこの二人のみであるが、このほかになお、三人以上の女の子が生まれた。当時の中国の風習として、女の子のことは記録にとどめないので、くわしいことがわからないが、そのうちのひとりの女の子は、杜甫四四歳の時に、疎開先の奉先県で飢え死にした。「京より奉先県に赴く詠懐五百字」と題される五言百句の長篇の詩の終りに、杜甫はそのことにふれ、父親としてのふがいなさに号泣している。

むすこの宗文、宗武も、杜甫同様、ついに官吏採用試験にも合格せず、どういう人生コースをとったものか、くわしいことがわからない。しかし父の最期まで、この二人は父と行を共にしていた。

晩年の杜甫は、やがて、むすこたちにも詩に精熟させようとした。たとえば宗武の誕生日を祝っては、次のようにうたった。

詩は是れ　吾が家の事(つとめ)ぞ　　詩是吾家事
人は伝う　世上の情　　人傳世上情
文選(もんぜん)の理に熟精せよ　　熟精文選理
彩衣の軽きを覓(もと)むるを休(や)めよ　　休覓彩衣輕

（杜甫「宗武生日」）

＜この詩の制作時代は、明確にはわからないが、杜甫五五歳の時とする説がある。＞

「人は伝う世上の情」の意がはっきりしないが、詩こそわが家のつとめ、世俗の人は世俗の人情として詩を残し伝えるが、そんななまぬるい考え方で自分は詩を作っているのではない、といったものと理解したい。また、同じく宗武に教えては、

句を覓(もと)めて新たに律(りつ)を知り　　覓句新知律
書を攤(ひら)いては解く牀に満たしめよ　　攤書解滿牀

（杜甫「又示宗武」）

＜大暦三年、五七歳の時の作とされる。＞

ともいう。長男の宗文にはそうした教えが見られず、次男の宗武にもっぱらこうしたことをいうのは、杜甫も宗武には詩才があると見ぬいていたからか。

ついでにいえば、杜甫は『文選』をよく読めということを時おりいう。たとえば五三歳、雲安での作と見られるものに、

婢を呼びて　酒壺を取らしめ　　呼婢取酒壺
児に続けて　文選を誦せしむ　　續兒誦文選

（杜甫「水閣朝霽、奉簡雲安嚴明府」）

とあり、女中にも子どもたちのあとにつけさせて『文選』を読ませたという。

こうした子どもたちへの教導は、杜甫が役人生活に完全に見きりをつけ、詩人として立つことを自覚して以後のものであると考えられるが、杜甫の詩にかける情熱はたいへんなものであった。そして、できるならばその情熱を子どもたちにもつがせようとしたのであったが、期待された宗武も、結局のところは世に詩名を残すこともなかった。

こうしたあたりのことになると、詩に執念をもやし続ける父親と、その教育には向かなかったむすこたちとの関係は、こっけいですらあるが、しかしこれがまた、杜甫とその家族の現実のひとこ

までもあった。

# 長い浪人生活

## 進士科への受験

杜甫のような官僚人の家に生まれた者にとって、当時は、官僚になるか、武人になるか以外に、職業選択の自由はなかった。杜甫はそこで、官僚になって、没落しかけている家名を高めようと志した。官僚になるためには、国家が指定する官吏採用試験（科挙）を受験して合格しなければならない。それも、出世コースを望むならば、いちばん競争率が高かった進士科を選ばなければならない。若い杜甫は、当然のこととして進士科受験を志し、そのための受験勉強に没頭した。

進士の試験に応ずるためには、中国の伝統的な儒学の経書である五経（ごきょう）に通じていなければならないことはもちろんであるが、そのほかに詩文が課されるのが例であったので、詩文にもすぐれていなければならなかった。当時、詩文の主要参考書とされたのは、六朝（りくちょう）時代の詩文の精華を集めた『文選（もんぜん）』であった。唐代の進士科の試験には、実際のところ、『文選』の中の句がしばしば出題された。そうした出題の場合、受験者たちは、それが『文選』のどの部分の句であるかをただちに思いうかべなくては、よい答案が書けるはずもなかった。

こういう状況のもとにあって杜甫は、十代のころから科挙の試験のための受験勉強にかかるのであるが、祖父杜審言の血もあり、詩文に格別の興味を寄せていたがために、しだいに自分の好きな詩文の世界に、そしてより直接には『文選』の世界にのめりこんでゆくようになった。

## 『文選』の世界への没入と科挙の失敗

杜甫という人は、何事においても、自分の得心がゆくまで追及し続けねばやまぬ人である。その性格は、生涯そうであった。そしてその性格のゆえに時には常識の世界をつきやぶってかえって不幸を招き、役人を罷免されたりもしたが、またそれあるがために、「詩聖」と称される独自の詩境を開拓もした。そういう性格は、若いころからすでに現われている。

杜甫の若い時代のことを知るためには、杜甫自身の詩「壮遊」と題する長篇が重要な資料になる。「壮遊」は、五言百十二句から成る大作で、五五歳、夔州での作と考えられているが、ほとんど作者の自叙伝ともいうべき詩である。そのうたい出しにおいていう。

往昔　十四・五　　　往昔十四五
出でて　翰墨の場に遊べり　　　出遊翰墨場
斯文なる　崔・魏の徒は　　　斯文崔魏徒
我を以て　班・揚（楊）に似るとせり　　　以我似班揚

十代の半ば、すでに文人のつどいに加わり、文才において人々から注目されたということを、みずからの口から述べる。「斯文」とは、当時文学に秀でるとされた人。「崔」は崔尚、「魏」は魏啓心。「班」は後漢の班固。『漢書』の著者として有名であり、また五言詩の早期の作者としても知られる。「揚」は、前漢末から後漢にかけての賦という美文の代表的作者として称揚された楊雄という人である。

それにひき続いた部分においては、若いころ、江南の姑蘇に遊び、今の南京に遊び、紹興に遊んだことなどを追憶してうたう。その中で、

王・謝の風流は遠く　　王謝風流遠
闔閭の丘墓は荒れたり　　闔閭丘墓荒
（以上、杜甫「壮遊」より）

とうたう。「王・謝」とは、六朝の文化を代表する豪族、王の家と謝の家。その家から出た書家の王羲之や、詩人の謝霊運・謝恵連・謝朓らは有名で、それらの代表的な詩篇は『文選』を飾っている。「闔閭」とは、戦国時代の呉の王。この二句は、みずからの足、みずからの眼で、『文選』の世界、そして江南の史蹟を実地に探索したことを語っている。

年譜によれば、杜甫は、一九歳から二四歳まで、呉・越の地、今日の江蘇・浙江の地に遊んでいる。先の二句は、その時のことを詠じたものであることというまでもないが、受験勉強時代にこの長

期にわたる旅行は、受験生にとってよい結果を招こうはずがない。

はたして杜甫は、二四歳、呉・越の旅から帰り、その年、開元二三年の科挙に受験したのであるが、みごとに落第をした。『文選』の世界にのめりこみすぎて、他の学業がおろそかになったのが、落第の主要な原因であったに違いない。

## 斉・趙への旅

中央試験の受験資格を得るためには、その前に地方試験に合格していなければならないのであるが、杜甫がいつ、どこの（おそらくは洛陽であろうが）地方試験に合格したのか、記録がまったくないので不明である。二四歳の時の落第が、杜甫にとっては最初の進士へのアタックであったかと考えられるが、落第に失望しながらも、翌二五歳から三十歳のはじめまで、こんどは斉・趙（今の山東省、河北省の地）に旅に出ている。さきの江南への旅は、杜甫の父の姉妹が嫁いでいた賀撝が、当時常熟（江蘇省）の県尉であったことや、杜甫の叔父の杜登が武康（浙江省）の県尉であったのを、たよりにしたのであろう。こんどの斉・趙の旅は、父がそのころ、その方面の地方官をしていたからであったかも知れない。こうして三十歳の年にようやく洛陽にもどり、夫人楊氏をめとったのであった。

二十代の杜甫は、旅の連続であったといってよい。その間、二四歳の時をはじめとして、何度か進士の試験に受験したに違いないと思うが、記録の上ではそれを裏づけるものがない。科挙の試験は毎年一回、春にかならず行われている。一度失敗した杜甫が、以後科挙の受験をあきらめたということは考えられない。以後何度か落第の悲しみを経験したに違いないが、何度もの落第というのは決して名誉あることではないので、杜甫もそのことは黙して語らない。結局のところ杜甫は、科挙の試験に合格できないままであった。

しかしその間に、文学の才は、いよいよみがきがかけられた。文学のためには、長い旅行が、杜甫自身の成長に役立った。三七歳のとき、杜甫は韋済という高官(妻方の親戚かと考えられている)に、就職のあっせんを懇願する詩を贈っているが、そのはじめにも、

甫　昔少年の日　　甫昔少年日
早に　観国の賓に充てらる　　早充觀國賓
読書は　万巻を破し　　讀書破萬卷
筆を下せば　神あるが如し　　下筆如有神
賦には　揚(楊)雄の敵かと料られ　　賦料揚雄敵
詩には　子建の親かと看らる　　詩看子建親

(杜甫「奉贈韋左丞丈、二十二韻」)

とうたっている。「観国の賓」とは、『易経』観の「国の光を観る、用て王に賓たるに利し。」を利用するものであるが、中央試験の受験生の資格をうることをいう。したがってここでうたう部分

は、杜甫二四歳以後のことをいうものと考えられるが、二十代の後半、賦においては揚雄に匹敵するといわれ、詩においては、建安詩（後漢から魏にかけての詩壇）の第一人者、曹植、字は子建の親戚かとみられたことをいう。

つとに文学者としての評判は高かったことが知られるが、しかしそのことは、科挙に合格したいと願っていた杜甫にプラスにはならなかった。何度もいうように、杜甫はついに、官吏採用試験に合格するチャンスには恵まれなかったのであった。

## 薬売りの生活

進士の資格を持つことができなかった杜甫が、貴族社会の知人のつてをたどって、ようやく仕官にありついたのは、四四歳の冬であった。そんな年になるまで、杜甫は定職を持つことができず、浪人の生活を続けたのである。貴族社会のはしくれでもあり、妻の実家は、かなり経済的にもよかったであろうということを考えにいれても、こんな状態では、生活の貧窮は目に見えている。仕官できずにいた杜甫は、薬売りなどをして、生活のかてにしていたこともあった。

四十歳のとき、貧窮の中にあって玄宗に「三大礼の賦」（後述）を奉ったとき、杜甫はそれを奉る上表文の中において、

頃は薬を都市に売り、朋友に寄食す。（「進三大礼賦表」）

といっている。杜甫は、若いころから神経性の喘息の持病があった。杜甫自身は、「肺を病む」（「封西岳賦」の上表文、ほか）といっているが、実は喘息であったと考えられる。杜甫は結局この持病に終生苦しむのであるが、そうした病身のせいもあって、若いころから薬草にはかなり深い知識があったらしい。生活に困った杜甫は、その特技を生かして、山にはいっては薬草を採集してそれを売り、かろうじてわずかな金を手にした時期もあったことを、右の一文はものがたっている。みずから薬草の栽培もしていたらしい。

「朋友に寄食す」、貴族仲間の友人をたよっては、しばしば居候のような生活をする折もあったということは、詩にも次のように述べられている。

驢に騎ること　三十載　　騎驢三十載
旅食す　京華の春に　　旅食京華春
朝には　富児の門を叩き　　朝扣富兒門
暮には　肥馬の塵に随う　　暮隨肥馬塵
残杯と　冷炙と　　殘杯與冷炙
到る処　悲辛を潜む　　到處潛悲辛

（「奉贈韋左丞丈、二十二韻」）〈三七歳の作。〉

「驢」は、ろば。中国では一般に、今でもなお「ろば」がふつうの馬である。「杜甫騎驢図」という画題は、禅画でしばしば用いられる画題であるが、その故事はたぶんこの詩から出るであろう。「旅食」、旅さきでの食事の意であるが、居候生活をいっている。「京華」、はなやかな都。「富児の門」「肥馬の塵」、ともに、時めいてくらしている貴族仲間の高官たちをいう。そういう大官たちのあとに随って、そのごきげんをとり結びながら、いただく食べものといえば、飲みさしの酒と、ひえた焼肉、どこへいっても、悲しくつらい思いを、じっとこらえているこのごろです、とうたうこの部分は、おじの韋済に苦境を訴える甘えも若干はあったに違いないが、杜甫の浪人生活時代のひとこまをまざまざと写しとっている。

**天宝六年のできごと**

杜甫はしかし、まったくの無為無策で、浪々の生活を続けたわけではない。仕官の手づるをつかむためには、浅ましいとも見られるほどいろいろとコネさがしをしたし、また、政府のさまざまの政策は、その時その時に最大限に利用して、立身のチャンスをつかもうとあせったりもした。そのうちのふたつの著明な事実をとりあげてみよう。

天宝六年（七四七）、杜甫三六歳の年の正月、玄宗皇帝は天下に詔して「一芸」に通ずる者を公募し、特別の試験をして官吏に任用しようとした。新しい人材の登用を企図したわけである。そのことについてはすでにふれたが、もう少しくわしく当時の状況をふりかえってみよう。

時の宰相は李林甫（りりんぽ）であった。この人はやがて楊国忠（楊貴妃のいとこ）と結んで、暗黒政治を導き、安禄山の乱の引き金を作り出した保守的悪宰相であったが、この李林甫は、自由な批判精神を持った文化人が抬頭することを恐れ、建言していった。

> 挙人には、卑賤愚瞶のやからが多うございます。俚言もて、聖聴を汚し奉る結果になりはせぬかと恐れます。(『資治通鑑』による。)

「挙人」とは、科挙、すなわち国家試験によって採用される人物をいう。玄宗がその建言を退けて玄宗の意志をつらぬきとおすと、李林甫は、まず郡県の長官に命令を下して推薦を厳重にさせ、送られてきた推薦者名薄については、尚書に命じ、御史中丞に監督させて再審査をさせ、その再審査を通過した者については、通常の官吏採用試験の場合と同様、詩・賦・論についての厳重な試験をしてついに全員を落第させてしまった。そして「野に遺賢無し」、今や在野にうもれた賢人などという者はおりませぬ、と玄宗に奏上したのであった。

このとき、杜甫、高適、そして杜甫より十一歳若い元結などは、ともに詔に応じて受験していた。元結には「喩友」と題する一文があるが、その時の状況を怒りをこめて写し出している。

杜甫は、この年三六歳にいたるまでに、恐らくはなんどか科挙の試験に応じていたに違いないが、そのつど落第していた。通常の科挙に合格するのはやや困難であると感じていた杜甫は、天宝六年の玄宗の英断に、心中快哉を叫んで、まっさきに応募したに違いないのであるが、結果はそうした始末であった。杜甫の落胆、察するに余りある。その時の心中を、翌年の作である「韋左丞丈に贈り奉る、二十二韻」の中で次のように述べている。

主上　頃　徴さる
欻然として　伸を求めんと欲せしに
青冥に　却って翅を垂れ
蹭蹬として　鱗を縦にする無し

主上頃見徴
欻然欲求伸
青冥却垂翅
蹭蹬無縦鱗

「欻然」、忽然と同じ。屈していたものが伸びを求めようとするように、玄宗の詔に応じて開運を願ったのであったのに、あまがけることができるはずの大空に対して、なんと自分は逆に翼を垂れ、よたよたとして、自由に泳ぐ力をも失ったのであった、と述べる。「蹭蹬」、畳韻による擬態語。『文選』に収める晋の木華の「海の賦」に、「窮波に蹭蹬たり」とあるのを用いる。自由を奪われたさまをいう。杜甫の『文選』に対する造詣の深さの一端を具体的に示すものである。

**「三大礼賦」による栄誉**

天宝十年（七五一）、杜甫四十歳の時、玄宗は三つの国家的大祭を行うことを企図した。三つの大祭というのは、唐の王朝の姓李氏とかよう老子を祭る典礼、列祖列宗を太廟に祭る典礼、天を南郊の祭壇に祭る典礼の三つである。玄宗は「玄」という諡号がつけられていることからも明らかであるように、老子を始祖とする道教を国政の柱にすえた人で、老子は、その姓李のゆえに、唐の始祖にあたるのだと説いた。中国の歴代天子のうち、道教を政治イデオロギーにすえた天子は、玄宗ひとりに限られる。その点からいっても、玄宗は、独特な個性を持った天子であった。

『資治通鑑』を見ると、天宝十年の春正月壬辰の日、天子は太清宮に朝献し（老子を祭ったことをいう）、翌日癸巳の日、太廟に朝享し（列祖列宗を祭ったことをいう）、さらに甲子の日（「甲子」は「甲午」のまちがいであろうと胡三省の注にいう。「甲午」なら「癸巳」の翌日で、はなしとしてよくわかる。）、天と地とを南郊に合祭し、天下に恩赦の令を出し、この年の地租を免じたということがしるされている。

このとき杜甫は、延恩匭という、玄宗当時設けられていた投書函を利用して、「三大礼の賦」を献上、盛儀の讃歌を、美文をもってしるして天子に奉呈した。それが玄宗の眼にとどまり、玄宗の嘉賞を受けることになった。後年杜甫が、夔州での傑作「秋興八首」の「其八」において（時に五五歳）、往時の自分を追憶して、

綵筆　昔は曽て気象を干せり　　綵筆昔曾干氣象

といっているのは、この「三大礼賦」によって受けた栄誉の日を追憶したものと見られる。わが美しい筆は、昔は、天体現象をしのぐほどのものがあったのに、とみずからいっている。「三大礼賦」を奉呈した翌年の作と考えられる詩にも、そのことにふれて、

気は衝く　星象の表　　氣衝星象表

詞は感ぜしむ　帝王の尊　　詞 感 帝 王 尊

（杜甫「奉留贈集賢院崔・于二學士」）

〈崔は、崔国輔、于は、于休烈。ともに集賢院の大先輩であった。〉

といっている。

玄宗は、杜甫の「三大礼賦」を大変に嘉賞するとともに、杜甫のことをいろいろ下臣にたずね、目下なお浪々の身であることを知って同情したのであろう。集賢殿の一機関である集賢院（正しくは集賢殿書院といい、修書の役所）の待制という職に、杜甫をあてることにした。集賢院待制というと、何か正規の官職についたかのような錯覚にとらわれるが、実質は、月給もつかない嘱託職のようなもの。集賢殿に名をつらねる学者たちについて、受験勉強にいそしむがよいという玄宗の恩情なのであった。

そして翌年、科挙に応じたらしく思えるが、またしても落第し、杜甫はせっかくの天子の恩情に発した集賢院を去ることになった。その時、集賢院でせわになった二大先輩、崔国輔、于休烈の二人の集賢学士に別れをつげる詩を作る。その詩の一部はすでにしるしたが、その中で、

天老　題目を書し　　天 老 書 題 目

春官　験して討論す　　春 官 験 討 論

（「奉留贈集賢院崔・于二學士」）

という。「天老」は、宰相、「春官」は、科挙の試験を統理する礼部侍郎。宰相は、人物の意見を姓名の上にしるし（「題目を書し」）、礼部侍郎は、合否を討論したというのは、当路の人たちが玄宗の意をくんで、杜甫をなんとかして合格させようとつとめたらしいことを示している。そのことはまた、後にしるす「西岳を封ずるの賦を進むるの表」の中にも見える。しかし杜甫は、やはり落第ということになったのであった。

**なお仕官の道は開かれず**

杜甫が、玄宗皇帝に己の存在を知ってもらおうとして賦を進献したのは、「三大礼の賦」のみにとどまらない。天宝九年（七五〇、杜甫三九歳）かあるいは天宝十一年（七五二、杜甫四一歳）には、「鵰の賦」というのを献上しており、その文は杜甫の全集の中に現存する。また天宝十三年（七五四、杜甫四三歳）には、「西岳を封ずるの賦」というのを献上し、ほかにも天宝年間に（天宝は、杜甫三一歳から四五歳の年にあたる）「天狗の賦」というのを献上、それらの文もまた全集に見られる。

これらの賦は、いずれも延恩匭の制度を使用したらしい。「封西岳賦」については、その「表」において、「謹んで延恩匭に詣りて献納す」といっている。延恩匭というのは、玄宗時代の善政のひとつに数えられるものであるが、投書函の制度で、一定の書式をそなえて延恩匭に投函すれば、その投書は宰相立ちあいのもとで玄宗皇帝が直接目を通すというしくみになっていた。江戸時代の目安箱は、この制度にならったものといわれている。延恩匭に投ずるということは、天子に直書するというのと同じことになり、一種の非常手段にも近く、かなり勇気を必要とする所行なのであるが、杜甫はあえて数度、この制度を利用して投函し、自己の才が直接天子の眼にとまることを願ったのであった。そうした手段に訴えざるをえなかったそのころの杜甫の心情は、なんとかして仕官のチャンスをつかみたいという、あさましいまでのいじらしさであったと想像される。

それらの「賦」には、いずれも「表」の文（なにゆえに延恩匭に投ずるかという理由を上表する文）がつけられているが、そこに述べられている自己の境地の説明も、またおぞましくすらある。たとえばいう。

臣幸にして先臣の諸業に頼り（祖父杜審言の詩業をついだことをいう）、七歳より綴りし所の詩筆、四十載に向んとして約千有余篇。今は賈（逵）・馬（融）の徒、金門を排して玉堂に上る者甚だ衆し。惟だ臣のみは、衣、体を蓋わず、常に人に寄食して、奔走に暇あらず。祇だ溝壑に転死せんことを恐る。（「雕の賦を進むるの表」）

臣甫言す。臣は本と杜陵の諸生、年四十を過ぎて、経術浅陋、進んでは明時に補無く、退いては常に衣食に困しむ。（「西岳を封ずるの賦を進むるの表」）

これらの賦の献進が、なんとかして自分を売りこもうとする意図から出ていることは、こうした部分を見るだけでも明らかである。もはや恥をも忘れた努力にもかかわらず、杜甫には、なおおいそれと仕官の道が開かれなかった。

# 社会詩人への脱皮

## 仕官を求めて——韋済に贈る詩

人間四十を過ぎてもなお定職がないということになれば、恥も外聞も忘れて就職さがしに奔走せざるをえないであろうことは、一般論として誰にでもわかる人情の当然であるが、ほかならぬ杜甫が、それを実際に体験した人なのであった。「詩聖」として後世あがめられる杜甫も、壮年時はまことにみじめな存在であった。杜甫は自分の存在をわかってもらうために、直接天子に向けて「賦」を何度か進献したが、そのほかに貴族の友人や先輩、縁戚にあたる人たちに、機会を利用しては詩を贈っておのれの苦境を訴え、なんとか仕官を世話してほしいと哀願をし続けた。

杜甫の壮年期までの詩は、今日あまり残っていず、失われたものの方が多いので、いったい杜甫がそうしたたぐいの詩をどのくらい作ったものか、明らかにしえないが、現存している詩を読むだけでも、少なからず自己の悲遇を訴え続ける詩に出あう。

そうした詩の代表的なものは、すでに一部を紹介したが、杜甫にとって妻方の縁続きにあたると考えられる韋済（いさい）に贈った詩である。韋済の家は、その祖父韋思謙（しけん）、その伯父（おじ）韋承慶、その父韋嗣立（しりつ）

が、いずれも唐王朝の宰相になったという官僚貴族の名門であった。その韋済が、河南尹から尚書左丞に栄転したとき、それは天宝七年から間もなくの年、杜甫三七歳以降にあたるが、杜甫は韋済に対して、自己の甘えをさらけ出し、哀願を越えてほとんどおどしにも近いいいかたで、おのれの汲引を懇請している。

　そのころの韋済に贈る杜甫の詩は二首ある、一首は「韋左丞済に贈る」と題する五言二〇句の作品、もう一首は、「韋左丞丈に贈り奉る二十二韻」（「丈」は、おじさんを意味させる）と題する五言四四句の作品で、ともに自分を何とかしてほしいと訴えている。とくに有名なのは後者の詩で、その結びは、

　白鷗　浩蕩に没さば　　白鷗没浩蕩
　万里　誰か能く馴らさん　　萬里誰能馴

という。いまや自分は、より大きな自由を求めて東海にはいりたいとすら思っているといって、そのあとにこの句は続くのであるが、いったん白鷗が、広々とした水中に姿をくらましてしまったならば、万里の広大な世界に自由に生きる白鷗をならそうとしても、もはやどうにもなりませぬぞといい、このまま私をお見捨てになるなら、自由の世界に仙人として放浪してしまって、現実社会からは自殺しますぞ、と甘えに加えて、ある種のおどしをすらかけている。

## 仕官を求めて――張垍に贈る詩――

「翰林張学士垍に贈る」と題する五言十六句の作品がある。翰林学士であった張垍、この人はかつての名宰相張説のむすこであり、玄宗のむすめである寧親公主のむこ、玄宗の寵も厚く、権勢を持った貴族であった。詩は、天宝九年、杜甫三九歳の時のものであろうと考えられている。

前半の十句において杜甫は、張垍が翰林学士としてすぐれた才能を発揮しつつ、天子の寵愛も厚いめでたさをたたえる。ついで後半の六句において、一転して杜甫自身の境遇を述べ、自分に対して愛顧をたれてくださることを期待することばを、あからさまにつらねる。後半の六句、次のようにうたう。

復た　高鳳に随う無く
空しく余りて　聚螢に泣く
此の生は　春草に任せ
老いに垂んとして　独り漂萍
儻しくは　山陽の会を憶わば
悲歌　一聴に在り

（杜甫「贈翰林張學士垍」）

無復隨高鳳
空餘泣聚螢
此生任春草
垂老獨漂萍
儻憶山陽會
悲歌在一聽

そなたが出世されて、天がける鳳になられてのちは、もはや追随することもできず、あとに残された私は、晋の車胤のような貧書生として、螢の光のもとに泣いております。私の生涯は、故郷の春草がのびるように、のびるにまかせた人生。老いに向かおうとしても、ただもうただよう浮き草です。もしかなうことなら、せめては昔のつどいを思い出してくだされ、私がうたうこの「悲歌」をしばし聞いてください。詩意はそうしたところである。

「春草に任せ」の句、『楚辞』招隠士の「王孫遊びて帰らざるに、春草は生じて萋萋たり」にふまえる。「儻」、できることならばそうしてほしいという強い期待のことば。「山陽の会」、昔の嵆康を中心とした竹林の七賢のつどいをいう。嵆康は、河内の山陽県（今の河南省の地）に寓居して、友人と竹林の清談の遊びをなした。若い時期の杜甫は、同じく貴族の出身者として、張垍と友人のつきあいをしたこともあったが、いまの張垍と杜甫との関係は、雲の上と地上とのかけへだたった仲である。その張垍に、杜甫は卑屈にも近いことばを寄せて、そのあわれみを期待したのであった。

張垍は、後に安禄山の乱のさい、いち早く長安から逃亡して身をかくし、大変に評判をおとした人で、そういう人物にこうした哀願の詩を贈ったということは、杜甫にとって不名誉なことにもなるが、しかしこのときの杜甫は、少しでも縁があれば、すがりたい気持ちであった。

### 独り蒼茫に立ちて詩を詠ず

「三大礼の賦」を進献して、玄宗に嘉賞され、集賢院待制にあてられた杜甫であったが、生活の苦しさはいっこうに変わりなかった。いやむしろ、無収入に近い政府の嘱託職にあてられて、高官とのつきあいはかえってふえるし、それなりの交際もしなければならない。貧乏はかえって底をつく結果になった。天宝十年、「三大礼の賦」を奉ったその年の正月晦日（みそか）、賀蘭（がらん）（今の寧夏省の地）の楊という長史（官名）が、曲江の北の名園楽（らく）遊園で宴会を催したとき、杜甫も招待された。

このとき杜甫は、招待された人々といっしょに酔うこともできず、ひとり夕暮れにこれからの人生を考えながら、救いのないわびしさを感ずるのであった。「楽遊園歌」と題する五言二〇句の作品は、そのときのものである。

二〇句のうちのはじめの十二句は、宴席のにぎやかなさまを写す。十三句から十六句までの四句は、そうしたにぎやいだ空気になじむこともできず、今日は酔わぬさきからすでに悲しいと述べる。そして最後の四句に次のようにうたった。

聖朝　亦（また）知る　賤士（せんし）の醜（しゅう）を　　聖朝亦知賤士醜
一物　自（おのず）から荷（にな）う　皇天の　慈（いつくしみ）　　一物自荷皇天慈
此の身　飲み罷（お）えて　帰る処（ところ）無く　　此身飲罷無歸處
独り　蒼茫（そうぼう）に立ちて　自（みずか）ら詩を詠ず　　獨立蒼茫自詠詩

（杜甫「樂遊園歌」）

いまは盛唐の聖代、天子さまは「賤士」たる自分のぶざまさをもしろしめし、私ごとき存在にも皇天のいつくしみを与えたまい、その結果として私も、広大ないつくしみに浴している、というこの二句は、「三大礼の賦」を奉呈したことによって玄宗の嘉賞を受けたこと、そして集賢院待制にあてられたことをも、ひそかに示すであろう。しかしながら現実の杜甫は、宴が散じたあとも身をおちつける場所とてなく、たそがれの「蒼茫」の中に、ひとりみずからをなぐさめる詩をくちずさむのみであった。今を時めいている人々の中にあって、うだつがあがらぬ身の、孤独をかこついたましい詩である。

### 「我は棄物なり」

天宝十年の秋、この年杜甫は、集賢院待制の地位を得ていたが、しかし収入はなく、長雨が続く不順な天候のもとに、ついに病臥の身となった。病気は、三か月にもわたる喘息の発作で、この時は高熱までともなった。魏という姓の友人が、この年、進士科の受験有資格者に認定されたという報告を兼ねて、杜甫の病気を見舞ってくれた。杜甫は「秋述」の一文を綴って、魏氏に謝辞を贈った。その文にいう、

秋、杜子、病に長安の旅次に臥す。雨多くして魚を生じ、青苔は榻（ベッド）に及ぶ。常時の車馬の客（貴族の友人）、旧の雨には来たりしも、今の雨には来たらず。（「秋述」）

こうした時に、魏氏のみは自分を見舞ってくれたことに、杜甫は感謝のことばをつらねるのであった。この文の中において杜甫は、「我は棄物なり、四十にして位無し」といっている。後年、成

都での作である「客亭」の詩においては、「聖朝には棄物無し」といい、それが唐王朝にたえず期待をつないでいた杜甫の日頃の信念でもあったのであるが、しかしいま杜甫は、みずからを「我は棄物なり」と慨歎している。集賢院待制は、名誉をもらったのみで、実質の収入その他がともなわないので、「四十にして位無し」なのであった。この時杜甫は、数え年でちょうど四十になっていた。

## どん底の叫び

その年の、病後の作と見られる詩に、「病後、王倚に過りて飲み、贈れる歌」と題する七言二十八句の古詩がある。この詩については、天宝十三年、杜甫四三歳の時のものではないかとする説もあるが、私は賛成しない。その詩においていう。

瘧癘三秋孰可忍
寒熱百日相交戰
頭白眼暗坐有胝
肉黄皮皺命如綫

瘧癘三秋　孰が忍う可けんや
寒と熱と　百日　相　交戦す
頭は白み　眼は暗く　坐に胝有り
肉は黄ばみ　皮は皺ばみて　命は綫の如し
（「病後過王倚飲贈歌」）

ここに示された自己の姿に対する描写は、リアリズムを通り越して、ただもうすさまじい。
また「咸・華の両県の諸子に投簡す」（「投簡」は、手紙として送る意）と題する詩がある。「咸」

とは、咸陽、「華」とは、華原、ともに長安近くの県名で、その両県において地位を得ている友人に贈った詩であるが、そこにおいても杜甫はうたった。

餓臥　動もすれば即ち　一旬に向んとす
蔽れたる衣は　何ぞ啻に　百結を聯ぬるのみならんや
君　見ずや　空牆　日色晩るるのとき
此の老　声無くして　涙　血を垂らすを
（「投簡咸華縣諸子」）

餓臥動即向一旬
蔽衣何啻聯百結
君不見空牆日色晩
此老無聲涙垂血

前掲の病後の詩には「三秋」（秋三か月）病中にあったことをいい、この詩では「一旬」飢えて病臥したというのを見るとき、この詩の方があるいは先の詩よりも早い時期に作られたのかも知れないが、着ている着物はつぎだらけで、もはや百結を聯ねたということばを越える、そしてがらんとした土塀の中で、夕暮れ、血の涙をしたたらせて泣いているのだという表現は、どん底の絶叫である。杜甫はこのとき、サディスティックに自己をいためつけるとともに、ほとんどナルシズム的に、あわれな自己という像を作りあげて、それをみじめな気持ちでかみしめている。

## 「貧交行」のうた

「秋述」の一文において、杜甫は、貴族社会出身の友人は、昔の長雨の時は見舞ってくれたが、今度の長雨で病臥中の自分には、ふりむいてもくれない、というなげきを綴っていたが、杜甫の詩の中で珍しく人間の悪意をむき出しにうたう「貧交行」（貧しきときの交の行）は、こうした時期の作品ではないかと私は考えている。

「貧交行」の制作年代がいつにあるかは、明確にはわからないが、杜甫の宋本として現存最古のものである王洙の宋本『杜工部集』は、この作品をその巻一、「兵車行」のすぐ前に置き、また、作品の編年をめざした清の仇兆鰲の『杜詩詳註』は、「貧交行」を、「兵車行」・「前出塞」九首の次に配置している。編次の位置からして、「貧交行」は、「兵車行」に近い時期のものとして、古人も考えてきたことがわかる。「兵車行」については、このあとで述べる。「貧交行」についてはすでに掲げたが、煩をいとわずもういちど紹介しよう。

貧交行

翻手作雲覆手雨
紛紛輕薄何須數
君不見管鮑貧時交
此道今人棄如土

貧交行

手を翻えせば雲と作り　手を覆えせば雨
紛紛たる軽薄　何ぞ数うるを須いん
君見ずや　管・鮑貧時の交りを
此の道　今人棄てて土の如し

解説は省略するが、この詩は「高適と杜甫」において述べたごとく、高適の詩からのヒントもあ

るかもしれない。しかしまた、杜甫は四十歳代初期の作品である「従孫の済に示す」においても

小人は　口実を利す　　小人利口實
薄俗　具には論じ難し　　薄俗難具論
（「示従孫済」）

といっている。「口実を利す」、口さきだけのうまいことをいうという「薄俗」に怒りをもやしているその心情は、そのまま「貧交行」の怒りと共通している。

人生のどん底にあって、杜甫は人間社会のつきあいに対しても、怨みと怒りとを寄せるおりがあったことを知ることができる。

### 社会詩人への脱皮

四十歳代にはいった杜甫は、その人生のどん底の時期を経験するはめになった。杜甫は嘆いた。泣いた。そして精いっぱい自分の苦境を訴え続けた。リアリズムの手法を用いて、自己の歎きをつぶさに述べてゆくその詩には、たしかにすさまじいものがあったが、しかし別の観点から見るならば、それは個人的な自己愛に溺れたナルシズム的文学だといわれてもしかたがない。もし杜甫がこの域にとどまって、自己の悲しみを訴え続けることしかしなかったならば、「詩聖」とされる後年の杜甫は、生まれなかったであろう。泣き虫詩人であると評されるにとどまったであろう。

個人の体験にもとづく個人的な怨みや悲しみを文字にしたてるだけであるならば、たとえその文字がいかに熾烈をきわめても、それのみではすぐれた文学になりえない。すぐれた文学であるためには、まず個人的なうらみを、より高い次元において昇華させることが必要である。自分の苦境を絶叫し続けた杜甫は、次にはおのずから、〝個人の怨みを訴えるだけではすぐれた文学にはならない〟という本質的問題に直面せざるをえなくなった。

孔子は、「三十にして立ち（而立）、四十にして惑わず（不惑）」といった。いましかし現実の杜甫は、よわい四十になってなお立たず、「我は棄物なり、四十にして位なし」の嘆きをはかねばならず、四十の年を迎えて、ほんものの文学者として立つためには、大いに惑わなければならないという人生の重大ピンチにさしかかることになった。

杜甫はやがて、みごとにこのピンチを克服した。克服の方向は、視点を転換させることであった。これまで杜甫は、もっぱら自分は不遇だと思いつめていたが、視点をかえて世間を見たとき、実は自分よりもっともっと不幸にあえいでいる民衆が、歎きを訴えるすべもなく、政府の命令のままに、いくさにかりたてられている現実があるではないか。それに気づいた詩人の心ははりさけ、爆発した。こうして作られた作品が「兵車行」であるが、この作品をきっかけにして、以後杜甫は社会詩人として自己を燃焼させるようになった。

車　轔轔　馬　蕭蕭　　車轔轔　馬蕭蕭
行人　弓箭　各　腰に在り　　行人弓箭各在腰

**「兵車行」の制作時期**

戦車はガラガラ、馬はヒヒーン。出征兵士たちは、それぞれに弓矢を腰につけている。このことばではじまる杜甫の「兵車行」（戦車のうた）は、杜甫三九歳から四一歳の間の作と考えられている。三九歳の作とする説は、天宝九年（七五〇、時に杜甫は三九歳）の十二月、関西遊奕使の王難得が、吐蕃を攻略したことがあるが、そのときの出征を題材にしたのではないかと考えるのである。翌、天宝十年の四月には、鮮于仲通が南詔（雲南の異族）を討ち、唐軍は大敗した。またその年の五月、高仙芝は唐の大軍をひきつれて、中央アジアのタラスにおいてサラセン軍と戦い（有名なタラスの戦い）、このときも唐軍は敗北した。またその十一月には、安禄山が契丹を討って、やはり大敗を喫した。「兵車行」は、そうした事件を背景にして作られたのではないかと考えるのが、四〇歳説、四一歳説の根拠である。

このようにこの作品の制作時代を、明確にいつときめることはできないが、作詩時期の幅を、三九歳から四一歳の間に考える以外の別の説はない。

「兵車行」の中で杜甫は、征途につく出征兵士のことばとして、次のことをいう。

或るものは十五より　北のかた河を防ぎ　　或従十五北防河
便ち四十に至りて　西のかた田に営す　　便至四十西營田

十五歳、まだ未成年なのに、もう北方黄河の防衛にかりたてられ、そのまま四十になって、こんどは西方中央アジアの屯田兵として徴集されてゆくのだ、と作中の人物が語ったという筋になっているのであるが、杜甫は、みずからの人生経験に照らしながら、この数字を用いているのかも知れない。杜甫が十六歳の時、開元十五年（七二七）の十二月には、吐蕃の侵略を防ぐために、唐軍が臨洮（甘粛省の地）で防禦にあたったという事実がある。そうした事実を知っている作者は、自分の年齢ともひきあわせながら、作者自身の共感の感慨をこめて、「十五」「四十」という数字を用いているのかも知れない。そうした点からしても、この詩が杜甫四十歳か四一歳の作であろうとする推定は事実に近いと見られる。

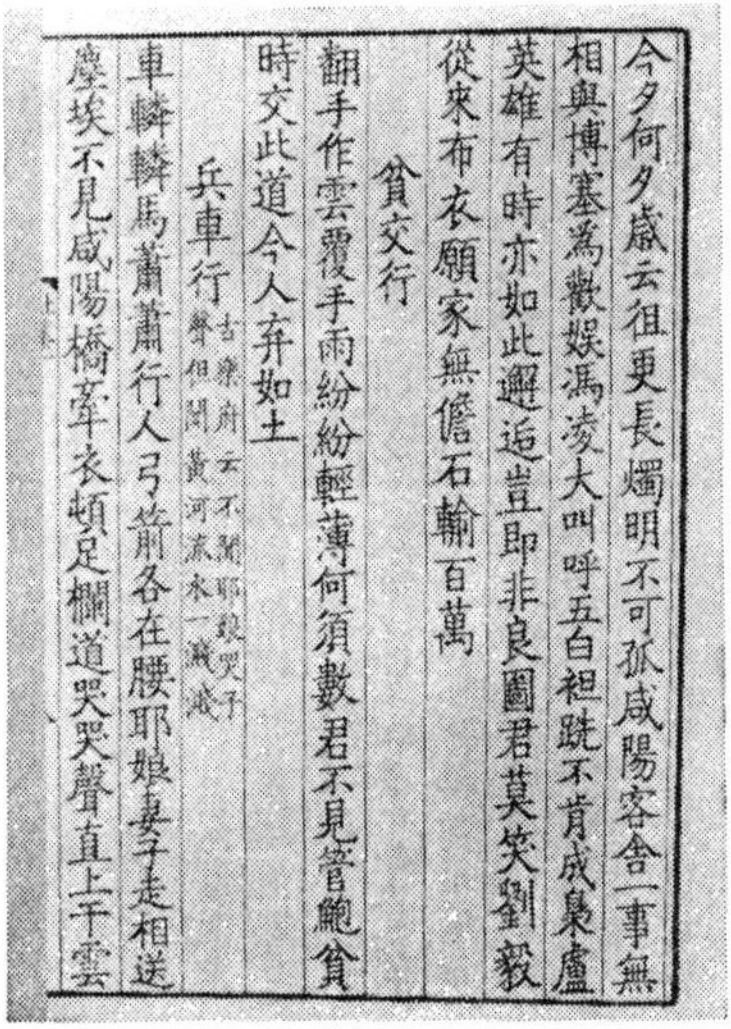
今夕何夕歳云徂更長燭明不可孤咸陽客舍一事無
相與博塞爲歡娯馮凌大叫呼五白袒跣不肯成梟盧
英雄有時亦如此邂逅豈即非良圖君莫笑劉毅
從來布衣願家無儋石輸百萬
貧交行
翻手作雲覆手雨紛紛輕薄何須數君不見管鮑貧
時交此道今人弃如土
兵車行 古樂府云不聞耶孃哭子聲但聞黄河流水一濺濺
車轔轔馬蕭蕭行人弓箭各在腰耶孃妻子走相送
塵埃不見咸陽橋牽衣頓足攔道哭哭聲直上干雲

「兵車行」（『宋本杜工部集』）

## 「兵車行」の絶叫

「兵車行」において杜甫は、自分自身の個人的境遇に発する発言をまったくしようとしない。発言はすべて、出征兵士にかわってものをいうという姿勢で貫いている。それは、不幸な境地にあえいでいる民衆にかわってうたうという漢魏時代の「楽府」（叙事詩ふうの歌曲）の精神を、いまここに再現させるものである。杜甫はこのきる。

「兵車行」の作品によって、社会詩人としての第一歩を、みごとにきり開いたのだということができる。

「兵車行」の中には、民衆の怨みの声をいろいろと説明している。若者はすべていくさに召集されて、耕作する若者もいないために、いまや中原の地は、雑草がぼうぼうと生い茂っているではないか。今年の冬などは、こうしていくさがなお続いているというのに、おかみの役人たちは留守宅に税金徴集にやってきた。いったいどこから租税が出せるというのか。いまの時代、男に生まれたのは大変に不幸なことだ。男に生まれるということは、いたずらに草のこやしになるだけだ（戦死して死体が草原に横たわることをいう）。そして最後を、次の四句の絶叫で結ぶ。

君見ずや　青海の頭　　君不見　青海頭
古来白骨　人の収むる無し　　古來白骨無人收
新鬼は煩冤し　旧鬼は哭し　　新鬼煩冤舊鬼哭
天陰り雨湿うとき　声啾啾たるを　　天陰雨濕聲啾啾

この部分が、友人の岑参や高適の詩からヒントを受けているかも知れないことについてはすでに述べたが、作者はしかしこの四句で、民衆にかわって民衆の嘆きを、声をふりしぼって叫んでいる。「鬼哭啾啾」ということばは、この詩から出るのであるが、この杜甫の発言には、ある種のすさまじさをすら感じさせる。

杜甫はこのとき、みごとに社会詩人に変身したのであった。

## 社会詩人として

引き続いて杜甫は、哥舒翰の吐蕃遠征を題材にして、従軍する者の心中をうたった「前出塞」九首（五言）、楊貴妃姉妹と楊国忠（楊貴妃のいとこ。天宝十一年に右丞相になる）の豪奢な遊びを題材にして、上流社会のデカダンスな雰囲気を諷刺した七言の長篇「麗人行」を作った。「前出塞」は、作者四一歳の作、「麗人行」は四二歳の作と一般に考えられている。

杜甫はしだいに、社会詩に腰をすえ出した。杜甫が社会詩人としての歩をふみ出したころ、杜甫自身の困窮は好転していたのであろうか。実はそうではなかった。貧窮の度あいは、むしろ年を追って、ひどくなっていったと考えられる。

天宝十三年、四三歳の秋、長安は長雨が続いて凶作になり、物価は高騰していよいよ生活が苦しくなったので、ついに杜甫は、妻子を奉先県で県令をしていた妻の親戚のもとにあずけることになった。社会詩人に転身しはじめたころ、生活の苦しみ、そして人間としての苦痛は、むしろますます深刻になったといわなければならない。

しかしながら杜甫は、もはやかつてのように、個人的なぐち、個人的な悲嘆のことばのみをつらねようとはしない。その発言には、一般民衆の生活と比較してみたとき、自分はまだ恵まれているのだという心情をはたらかせている。天宝十三年（杜甫四三歳）の作である「秋雨嘆」と題する三首の七言八句の古詩においてもそうした傾向を見ることができるが、もっとはっきりその心情を示したものは、翌天宝十四年の作である「京より奉先県に赴く詠懐五百字」と題する五言百句の長篇である。ただしその詩について説くためには、その前に、杜甫の任官のことにふれなければならない。この大作の詩は、任官を疎開先の家族に報告するべく、奉先県に赴いたときに作られたものだからである。

# 役人生活と「詩史」

**役人生活のはじまり**　天宝十四年（七五五）、杜甫四四歳の十月、ようやくはじめて、就職の口がかかった。それは今の雲南省に属する河西県の県尉という職であった。誰かの推薦によるものに違いないが、それが誰であったかはわからない。杜甫はしかし、河西の県尉になることをことわった。あまりにも僻遠の地でありすぎたためであろう。するとこんどは、右衛率府冑曹参軍事という官職がまいこんだ。この官は、従八品下の官で、東宮御所の兵器庫の係長とでもいったところ、けっして高い地位ではないが、こんどは都での勤務が可能である。杜甫は喜んでこの官についた。この場合も、誰か有力者の裏面での推薦があったに違いないが、推薦した人は不明である。

このとき杜甫は、たわむれの詩を作っている。「官定まりて後、戯れに贈る」と題する五律がそれで、贈った相手が誰かは、これまた不明であるが、たぶんは杜甫の縁戚にあたるような人物であったのであろう。その前半四句にいう。

河西の尉を作らざりしは　　不作河西尉
凄涼　腰を折るが為なり　　凄涼爲折腰

老夫　趨走を怕る　　老夫怕趨走
率府　且く逍遙せん　　率府且逍遙
（「官定後、戯贈」）

河西の尉にならなかったのは、上官に腰を折るということが悲しいからだ。年よりの自分は、県尉の地位などで、あちこちと奔走するのはいやだ。右衛率府においていただいて、しばしぶらぶらしていようとおもう。詩意はざっとそんなところであるが、嬉しさを包みかくして若干照れている姿を想像させる。ややふまじめな詩のように思われるかも知れないが、遠慮がいらない相手にたわむれに贈ったので、こういういいかたになったのである。

### 「詠懐五百字」の詩

その年の十一月、待望の任官ができたこととの報告をかねて、奉先県に疎開している家族を見舞うことになった。その時に作られた詩が「京より奉先県に赴く詠懐五百字」と題する百句の大作で、杜甫はこの詩においては、きまじめにみずからの心情を吐露している。前のたわむれの詩とは、まったくおもむきを異にする。

実は、二か月ぶりに奉先の家族を見舞ったところ、いとけなき子（女の子）が栄養失調で死んでいたのであった。杜甫は、ふがいない父親であったみずからをかえりみて、号泣した。その部分にうたう。

愧ずる所は　人の父と為りて　　所愧為人父
食無くして　夭折を致きしこと　　無食致夭折

食べ物が不足したということで、愛児を早死にさせるなどとは、人の親としてまったくはずかしい、とむき出しの感情をさらけ出した。この詩のそれより前には、

朱門には　酒肉臭れるに　　朱門酒肉臭
路には　凍死の骨有り　　路有凍死骨

といったような、きびしい社会批判のことばも出てくる。

愛児を死なしてしまったという一種の極限状況を迎えながら、しかし杜甫は、もはや個人的な悲しみに埋没してしまわなかった。かれは「幼子」の死をしるしたあと、視点を一転させて、自己の悲哀を、自分より不遇な立場にある民衆に対する同情に転換させている。この詩の終りを彼は次の八句で結んだ。

生きては常に　租税を免れ　　生常免租税
名は　征伐に隷せず　　名不隷征伐
迹を撫して　猶お酸辛たれば　　撫迹猶酸辛
平人は　固より騒屑たらん　　平人固騒屑
黙しては　失業の 徒 を思い　　黙思失業徒

因りて　遠戍の卒を念う　　因念遠戍卒
憂いの端は　終南に斉しく　　憂端齊終南
澒洞として　掇る可からず　　澒洞不可掇
（以上「自京赴奉先縣、詠懐五百字」）

当時官吏になると租税を課されることもなく、いくさに際しての徴集簿に、名が記録されることもなく、したがって戦争に召集されることもなかった。右衛率府冑曹参軍事という官についた杜甫は、いまやその特権をつかむことになった。しかし彼は考える、こうした恵まれた階層を手にした自分であるが、わが生活をふりかえってみたとき、なおかつこんなにもつらい思いに苦しんでいる、そうしたときに、そんな特典をいっさい持たない一般民衆は、心やすまる日とてないことであろう。「酸辛」「騒屑」、ともに双声（頭音をそろえたことば）による擬態語。つらいさま、心が乱れるさまを、それぞれに示す。

杜甫はさらに、「失業の徒」、すなわち、兵役に召集されて農業に従事することもできない農民の身の上を「黙思」し、さらには遠く国境地帯に派遣されている兵士たちのことを、しみじみと考える。そうしたとき、憂いの糸すじの長さは、終南山の山脈にも匹敵するかにおもえ、あれやこれやとわだかまる憂愁は、手につかみとることもできず、もどかしくいらだたしい気持ちで、このごろの毎日を過ごしている、と述べてこの五百字に及んだ長篇の詩を結んでいる。「澒洞」とは、天地創造の初めの、未分の気の状態を示すことば。ここでは心中のもやもやしたわだかまりを示す。

このとき杜甫は、もはや自己の嘆きを自己愛の方向では述べない。終りには、自分よりももっともっと悲惨な立場にあるにちがいない人民をおもい、人民の嘆きを察するという社会詩人の眼が、しっかりと確立している。杜甫の社会詩人としての姿勢は、この五百字の詠懐詩において、確乎として動かぬ強さに、固まっていたということができよう。

## 安禄山の乱の勃発

杜甫が疎開中の家族を見舞いに行った十一月、唐王朝をゆるがす大事件がもちあがった。かねてから権力をねらっていた安禄山が、今日の北京の近くの地范陽で兵を挙げ、君側の奸臣楊国忠を討つという大義名分をたてて、怒濤のごとく洛陽に攻めいった。当時楊国忠は、宰相であったが、安禄山としばらく以前から反目しあっていた。安禄山の范陽挙兵は、杜甫が奉先県に到着した直後、天宝十四年の十一月九日であったとされている。

安禄山は、イラン系の異民族出身者で、父はソグド人、母はトルコ人であったという。当時唐王朝は、国籍のいかんを問わず人材を登用するという政策を実施していたので、日本人の阿倍仲麻呂も唐の官吏になったし、朝鮮出身の高仙芝は、最高の武人に出世したし、イラン人である安禄山も、どんどん頭角をあらわして、宮廷にくいこんでいた。

安禄山は、楊貴妃におべっかを使ったりしてしだいに宮廷の奥に接近するのであるが、やがて楊貴妃のいとこにあたる宰相楊国忠と、険悪な間柄になった。安禄山の挙兵の大義名分は、君側の奸臣楊国忠を討つということであったが、その勢は天子の玄宗皇帝を直接おびやかすことになった。十一月に兵を挙げて、十二月には東都の洛陽を占領、翌年の六月には長安を陥落させるというスピード進軍ぶりを示した。こうして玄宗は楊貴妃をともない、あわただしく蜀（四川省）に向けて落ちのび、その途中楊貴妃は死ぬ。そうしたことは、中唐の詩人白居易の「長恨歌」にうたわれているとおりである。

世にいう安禄山の乱は、安禄山が後にむすこの安慶緒に殺され（七五七）、安慶緒はまた部将の史思明に殺され（七五九）、史思明はまたむすこの史朝義に殺される（七六一）という血なまぐさい権力闘争を経て、七五五年から七六三年まであしかけ九年も続き、歴史上、「安・史の乱」とよばれて、唐王朝の栄華を根底からくつがえす大乱になったのであるが、任官早々の杜甫は、さっそくこの安禄山の乱に翻弄される身となった。

杜甫は、東宮御所防衛の責任の一端をになう官吏である。疎開先の奉先県から急いで長安にもどるのであるが、翌天宝十五年（七五六）の五月には、家族の疎開先も危くなったので、とりあえず奉先県の奥の白水県に移し、さらに六月には、ずっと西北の山奥の部落である鄜州羌村に、家族を移動させねばならなかった。家族のめんどうを見るのにおわれているその時期に、長安は陥落、玄宗は落ちのび、長安の政府は崩壊してしまった。長安陥落の悲しいニュースを杜甫は鄜州で聞くのであるが、さて現役の官吏である自分の身は、どう処置したらよいというのか、まじめな杜甫は思案にくれてしまった。

## 乱軍の捕虜となる

思案にくれたのは、政府の高官たちの場合もそうであった。玄宗皇帝は、政府を残したまま、楊貴妃姉妹と、そのとき居あわせていた少数の側近と、陳元礼が率いる二千の禁軍とをつれて、あわただしく長安を逃げ出してしまったので、天子がいないままに政府がとり残されてしまったことになった。楊国忠・韋見素の二人の宰相は、玄宗につき従って蜀に向かったが、途中馬嵬駅で楊国忠、楊貴妃の姉の韓国夫人が護衛の禁軍に逆に殺され、そのあと楊貴妃も宦官の高力士の手によって絞殺された。そうした惨事があったあと、玄宗はなんとか蜀に落ちのびたが、残された高官たちにしてみれば、一刻も早く政府をなんとかしなければならない。

ようやく七月、李輔国、崔円、裴冕らの高官は、玄宗の皇太子であった李亨（李亨は馬嵬駅まで玄宗と行をともにしていたが、馬嵬駅で玄宗の一行と離れた。）を擁立して、はるか西北方の長城のふもとの街である霊武で即位させ、新政府を作ることに成功するとともに、年号を至徳と改めることにした。時に李亨（粛宗）は、四六歳、即位宣言とともに、父の玄宗を上皇とよぶことにしたが、蜀にいる玄宗皇帝にはくわしい情報が伝えられぬままに、一時期、二人の天子が同時に存在するという、ありうべからざる事態が出現してしまった。

玄宗は、かなり譲位をしぶったのであるが、しかし戦時体制下に、二人の天子が並存していたのでは、命令系統も混乱するし、不幸な事態も出現する。事実、このとき江南にいた李白は、玄宗の密命を受けた玄宗の第十六子、永王璘の要請を受けて、江南の永王璘の幕府にはせ参じたのであるが、やがて永王璘は粛宗側から叛軍と見なされ、討伐軍が出されて殺されるとともに、その幕府に参加した者はすべて叛徒と見なされ、処分されるという悲しい事件も生まれた。李白もこのとき罪人として流されることになったのであった。そうした混乱した事態を避けるためには、玄宗が退位するしかない。しぶしぶ玄宗は退位を承諾したが、それは、粛宗が霊武に即位して後、三十数日も経た時であった。

さて、鄜州にとどまってどうしたらよいものか思案にくれていた杜甫の耳に、粛宗が霊武で即位したという風の便りがはいってきた。まじめな杜甫は、ともかく天子の行在所にかけつけねばならぬと決意し、まったくの単身で鄜州の家族のもとをぬけ出し、霊武に向かうことにした。鄜州から霊武までというのは、たいへんな距離、しかも道なき山道をかきわけて行かなければならない。ところが途中の地も、すでに安禄山側に寝返っていた。かくて杜甫は、鄜州を出発して間もなく賊側の軍隊に捕えられ、捕虜として長安に送りこまれることになった。長安に送りこまれたのは、至徳元年の八月ごろであったと考えられる。

以後、翌年至徳二年の四月まで、あしかけ九か月間、杜甫は捕虜として、長安のかつての政府の建物の中に幽閉された。秋から、翌年の初夏にかけて、心ならずも虜囚の生活に甘んじざるを得なくなった。

## 虜囚のうた

その年の秋、大空に輝く月を見つめながら、鄜州にいる妻のことをしのんで作った詩が、有名な「月夜」の詩、次に掲げる五言律詩である。

月夜

今夜鄜州月
閨中只獨看
遙憐小兒女
未解憶長安
香霧雲鬟濕
清輝玉臂寒
何時倚虛幌
雙照淚痕乾

月夜

今夜　鄜州の月
閨中に只だ独り　看つめるならん
遙かに憐しむ　小き児女の
未だ解く　長安を憶びえざることを
香霧に　雲なす鬟は湿い
清輝に　玉の臂は寒からん
何れの時か　虚幌に倚れ
双び照らされて　涙痕の乾かん

こよいの名月、鄜州で妻は、私室でただひとり、じっと見つめていることだろう。いとけないむすこやむすめ（このとき長子の宗文も、まだ数え年で七歳であった）は、長安のことをしのぶこと

「月　夜」

もできずにいることが、はるかに、たまらなくいとおしく思われる。香ぐわしいもやは、妻の雲なすわげをしっとりとうるおしているであろうし、この名月の光は、玉を思わせる妻の手くび（臂）をひえびえと照らしていることだろう。いつの日か、妻と二人、人気のないカーテンにもたれかかり、こうした名月にともに照らされながら、涙のあとが乾くまでくさぐさの苦労を語りあかしたいが、そういう日が果たしてくるのであろうか。

かなしくも、清らかな詩である。杜甫の妻に寄せるしみじみとした心情が、実によく写し出されている。このとき作者は、かなり心弱くなっていたらしいことも、同時にうかがえる。

その年の冬、捕虜収容所の周囲もふぶきとなったある日、かれは「雪に対す」という、やはりすぐれた五律を作った。次の詩がそれである。

雪に対す

戦哭　新鬼多し

愁吟するは　独りの老翁

對雪

戰哭多新鬼

愁吟獨老翁

亂雲低薄暮
急雪舞廻風
瓢棄樽無綠
爐存火似紅
數州消息斷
愁坐正書空

乱雲は　薄暮に低れ
急雪は　廻風に舞う
瓢は棄てられて　樽に緑無く
爐は存して　火は　紅なるに似たり
数州　消息断ゆ
愁に坐して　正に空に書す

きびしいいくさが続く毎日、新たに戦死して幽鬼となった者のニュースを聞くごとに、思わず慟哭させられる（「哭」は、声を出して泣くこと）。うれいにうち沈みつつ、詩をうたい続けるのは、孤独な老人である自分（時に杜甫は、数え年で四五歳なのであるが）。乱雲は、たそがれに低くたれさがり、ひひとして降りそそぐ雪は、つむじ風に舞っている。ついさきごろまでは、ここに唐王朝の役人たちの生活があったのだ。その生活をしのばせる「ひさご」（ひょうたんをたてに割った酒杯）はうち棄てられたまま、樽の中の酒（緑酒）はからっぽ。いろりも残っており、そこにはあかあかと火が燃えているような幻覚にもおそわれる。あちこちの州（村やまち）の消息は、すっかりとだえ、どうなっているものやら。深いうれいの中に身を沈めている私は、まさしく空中に悲嘆の文字を書いたという故事そのままだ。この詩の「乱雲薄暮に低れ、急雪廻風に舞う」の聯は、風景描写であると同時に、暗澹とした心象の説明にも期せずしてなっている秀句であるが、「乱雲」

ということばは、このとき杜甫がくふうした新造語であったようである*。「空に書す」というのは、晋の殷浩の故事にふまえることばであるが、そのことばの背景については拙著『人生有情』（昭和五二年　東書選書　東京書籍刊行）でかつてしるした。

**収容所内でのニュース活動**

杜甫はしかし、収容所にあって、ただ孤独にうちひしがれ、涙の毎日を送っていたわけではない。収容所内には、杜甫同様捕虜にされた不遇な官員仲間がかなりの数、いっしょに捕虜生活をしていたはずであるが、杜甫は時おり、最新のニュースを詩にしたてて収容所の仲間に紹介し、お互いにはげましあう役目をつとめていた。そうした作品として、「哀王孫」「悲陳陶」「悲青坂」の三作品が現存している。

「哀王孫」と題する詩は、七言二八句から成る古詩であるが、逃げおくれたある皇族が、身をやつして民間に潜んでいる姿を題材にしてうたったもので、九月ごろの作品かと考えられる。ひょっとすると、杜甫が捕虜として送りこまれる途中で見聞したできごとであったかもしれない。みじめな姿になっている「王孫」をうたにしたてているのであるが、その中で、「王孫善く保てよ　千金の躯」とはげましたり、最後には、

　哀しいかな王孫　慎みて疎んずる勿かれ　　哀哉王孫愼勿疎
五陵の佳気は　時として無きことは無し　　五陵佳氣無時無

と戒め、激励している。

「五陵」とは、長安にある漢代の五人の天子の陵、「五陵の佳気」とは、王室興隆の気ざしをいう。王孫よ、身を慎んで、かろがろしく身分をおとしめる行為はなさらないように、王室の興隆の日は、疑いもなくきっとやってくるのだ、と杜甫はうたった。

おそらくこの詩は、ひそかに収容所の壁にはりつけて、捕虜になっている仲間のつれづれのニュースにするとともに、お互いがんばろうという気持ちをかよわせようとしたものであろう。

## 「悲陳陶」「悲青坂」の詩

「悲陳陶」「悲青坂」は、ともに七言八句から成る古詩であるが、実際にあった悲劇的な戦況を題材にして、ニュース詩にしたてたものである。

粛宗の至徳元年十月、宰相のひとりであった房琯(ぼうかん)は、なんとかして長安をとりもどしたいと考え、長安付近の十郡の子弟を根こそぎ動員して、安禄山の軍に急襲をしかけようとした。しかし悲しいことに、にわかじたての軍隊で、訓練もされていず、それに房琯は根っからの文官でいくさのしかたも知らず、車に火をつけて賊軍に向けて走らせるという古風な戦法を用いたが、結果は陳陶斜(とうしゃ)（陳濤斜）という長安の近くの土地で大敗を喫し、動員された四万の義勇兵が、その日に戦死してしまった。十月二一日のことであった。房琯はまた、十月二三日、わずかに残った官軍をかき集めて、最後の肉弾攻撃、奇襲攻撃をかけたが、それもみごとに惨敗に終わってしまった。

収容所にあって、この悲しいニュースを聞いた杜甫は、さっそくその状況を想像して詩にして、ひそかに収容所内に紹介したのであった。たとえば「悲陳陶」の詩においてはうたう。

陳陶を悲しむ
孟冬　十郡　良家の子
血は作る　陳陶　沢中の水に
野は曠く　天は清く　戦声無し
四万の義軍　同日に死せり
群胡　帰り来たり　血もて箭を洗う
仍お胡歌を唱いて　都市に飲む
都人　面を廻らし　北に向かいて啼く
日夜　更に官軍の至るを望む

悲陳陶
孟冬十郡良家子
血作陳陶澤中水
野曠天清無戰聲
四萬義軍同日死
羣胡歸來血洗箭
仍唱胡歌飲都市
都人廻面向北啼
日夜更望官軍至

安禄山が、イラン系の外国人であることは前に述べたが、そうしたこともあって、安禄山側の兵士には、外国兵が多かった。「群胡」とはむらがる外国兵。「四万」の義勇軍を「同日」（その日）にけちらし、凱歌をあげて血にまみれた矢を洗っている姿、そしてわけのわからない異国の歌（胡歌）をわめきちらしながら、長安の盛り場をうろつく姿、空想によって得た世界であろうが、眼前にほうふつとさせるようにリアルに描く。都の良民たちは、ひそかに北方霊武の行在所の方向を望んでは、官軍の援軍が一日も早く来ることを望んでいるのだ、とうたっている。

「悲青坂」（青坂を悲しむ）には、死を覚悟して特攻隊になってゆく官軍の姿を写し出そうとする。そしてその作品を、次の二句で結ぶ。

焉んぞ書を付して我が軍に与うるを得ん　焉得附書與我軍
忍びて明年を待て倉卒たること莫かれ　忍待明年莫倉卒

どうかして手紙を官軍にことづけたいものだ、「がまんして来年を待て、そそっかしいいくさをするな」と。

## 「詩史」という評価

こうした現実のできごとを題材にして、リアルにうたいこんだ詩、それらの杜甫の作品を、宋の人は「詩史」、すなわち詩による現代史だとよんだ。杜甫の詩を「詩史」とする評価は、宋代にしるされた『新唐書』の杜甫伝の「賛」にしるされている。「哀王孫」「悲陳陶」「悲青坂」などの、安禄山の乱の過程における事実を題材にして、リアルにうたいこむ作品は、いかにも「詩史」をもってよぶのにふさわしい。

作者はこれらの詩を、捕虜収容所の中で作ったのであるが、三作品とも自分のなぐさめとしてひそかに詩稿をものしたというふうな詩ではなくて、人に読ませ、人々に知らせるべくして作られている。これらの詩は、自分のなぐさめとして作った「月夜」や「対雪」とは、明らかに違っている。

そこに作者の、社会詩人の性格の一面が、違った場において示されているのであるが、作者はいったい、どのような発表の場をもって、これらの詩を捕虜収容所内の人々に伝えたのであったろうか。この問題は考えてみるべきおもしろい問題であるが、残念ながら裏付けをするような記録がない。したがって想像の域を出ないが、ひょっとすると捕虜たちが集まる席で、みずから朗誦したかも知れないし、あるいはまた、こっそり壁新聞にしたてたのかも知れない。あるいはまた、紙にしるして、ひそかに廻覧させたのかも知れない。

収容所内にあって杜甫は、おとなしくじっとわびしさをかみしめていたのではないことだけはたしかである。杜甫は、仲間を元気づけるために、また、なぐさめるために、折あるごとにおのれの才能をフルに発揮させてニュース詩をしたて、ニュースとして流したのであった。作者の収容所における積極的活動の姿をなまなましいまでにうかがい知ることができる。

**「春望」「哀江頭」の詩**

杜甫はいかにも捕虜ではあったが、政府の官吏としては最下級に近い人であったこともあって、あまり監視もされなかったのであろうか、時おり、収容所を脱走しては世間の風にもあたり、唐王朝の往時の栄華を物語る地をさまようということもできたらしい。そうしたおりの作として残されているものが、有名な「春望」の詩、そして「哀江頭」（江頭(こうとう)に哀(かな)しむ）の作品である。

「春望」の詩は、日本ではすでによく膾炙されているので、改めて紹介するまでもないとは思うが、やはり杜甫の代表作でもあるから、掲げておこう。

春望

國破山河在
城春草木深
感時花濺涙
恨別鳥驚心
烽火連三月
家書抵萬金
白頭搔更短
渾欲不勝簪

春の望

国破れて　山河在り
城春にして　草木深し
時に感じては　花にも涙を濺ぎ
別れを恨んでは　鳥にも心を驚かす
烽火　三月に連なり
家書　万金に抵たる
白頭　搔けば更に短く
渾て　簪に勝えざらんと欲す

「国」とは、政府の政治機構。日本語でいう国家の意味ではない。「城」とは、まち。中国の都市は、昔は周囲が城壁で囲まれていたので、まちのことを「城」というのである。「花」にも涙を濺ぎ」「鳥にも心を驚かす」の部分は、最近の日本では「花も涙を濺ぎ」「鳥も心を驚かす」と、擬人法的に読もうとする読み方も行われているが、その読み方はあまりにも新しすぎる。時勢の悲しさに胸がせきあげるとき、花を見てもついつい涙がさそわれ、人間社会のいくさによる別離に心をいためるとき、泣く鳥の声にもあるショックを受けるというのが、杜甫がいいたいこの二句のこころである。「驚」は、ハッとショックを受けること。のろし火は、この春三月にまでなお続いている、というのが第五句。「三月」を三か月の意にとる解釈もあるが、春の三月であると理解する。続くいくさのために、家郷からの便りもまれになり、たまに届く家郷の便りは、万金の価値を持つ、というのが第六句の意。「渾」は、まったく。ここのところ、白髪あたまもすっかり短くなり、もはや冠のピン（簪）もとまるまいかと思われる、と心の傷のきびしさをうたう。

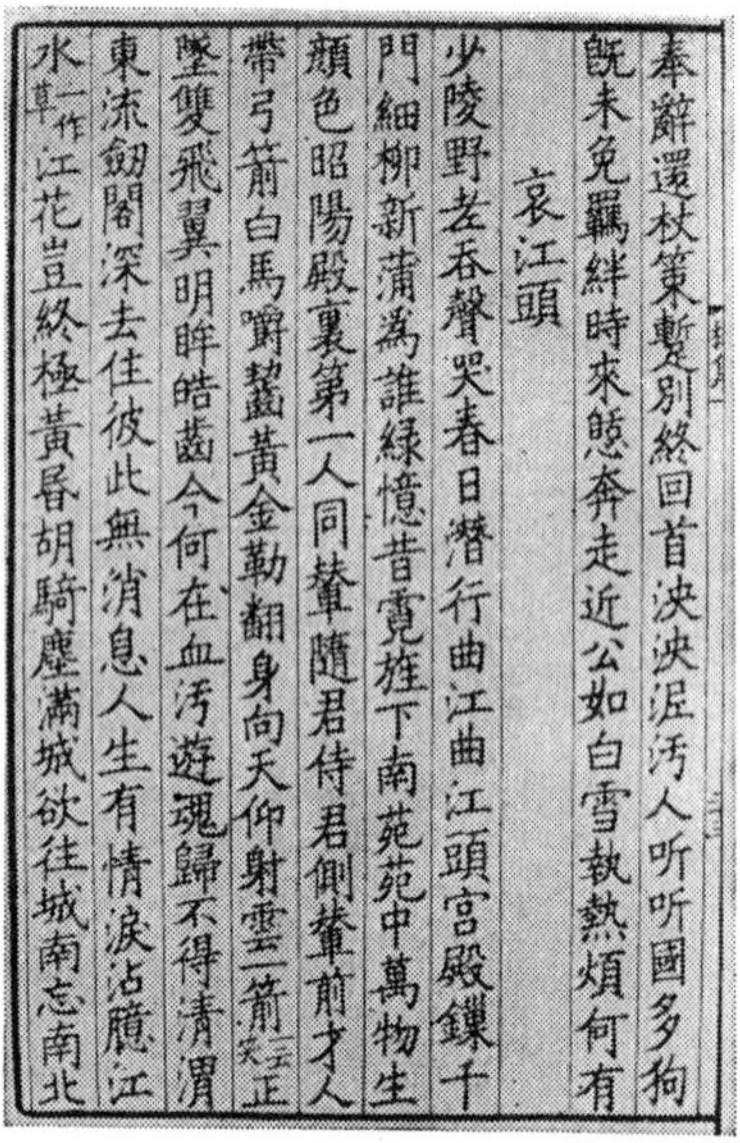
奉辭還杖策蹔別終回首泱泱泥汚人听听國多狗
旣未免羈絆時來憩奔走近公如白雪執熱煩何有
哀江頭
少陵野老呑聲哭春日潛行曲江曲江頭宮殿鏁千
門細柳新蒲為誰緑憶昔霓旌下南苑苑中萬物生
顔色昭陽殿裏第一人同輦隨君侍君側輦前才人
帶弓箭白馬嚼齧黄金勒翻身向天仰射雲一箭（一云笑）正
墜雙飛翼明眸皓齒今何在血汚遊魂歸不得清渭
東流劍閣深去住彼此無消息人生有情淚沾臆江
水（一作草）江花豈終極黄昏胡騎塵滿城欲往城南忘南北

「哀江頭」

　時に作者は、四六歳の春なのであるが、かなりふけこみをみずから感じていたらしい。「哀江頭」、江のほとりに哀しむと題される詩は、やはりほぼ同時の作。作者は、長安のまちの東南にある遊園地、曲江のほとりをさまよって、玄宗皇帝の盛時をしのび、いまは見るかげもなくさびれてしまっていることを嘆いた詩であるが、七言二〇句から成る。そのはじめに、

　少陵の野老　声を呑んで哭す　　少陵野老呑聲哭

とうたう。「少陵」とは、漢の宣帝の御陵である杜陵のそばにある宣帝許皇后の陵墓の地。杜甫の

本宗の戸籍所在地である。ここでも杜甫は、みずからを「野老」とよんでいる。捕虜の身のかなしさに加え、自分は老いたというわびしい感慨が、このころの杜甫の心にくいこんでいたことがわかる。「声を呑んで哭す」とは、おおっぴらに慟哭すると、賊軍にあやしまれるので、じっとこらえて、しのびねに哭しているというのである。この作品において作者は、玄宗皇帝の盛時、天子が楊貴妃をたずさえてこの曲江に行幸したときの往時を追憶し、現実の零落に涙し、夕暮れ、「胡騎」がまちに帰ってくるとともに、城南に往こうとしながら、南北の方向も見定められなくなったとうたっている。曲江はそのむかし、天子の離宮も置かれていた名苑であったのだ。

「哀江頭」をうたってまもなく、至徳二年の四月のある日、杜甫は意を決して収容所の脱走をこころみ、当時鳳翔（長安の西方、岐山の先にあるまち）

### 収容所からの脱走

に行在所を開いていた粛宗のもとにはせ参じようとした。このこころみは、みごとに成功した。杜甫は、「行在所に達するを喜ぶ」と題する三首の五律を作って、その時の喜びを語っている。その第一首にうたう。

西のかた　岐陽の信を憶うに
人の遂に　却廻する無し
眼は穿たれて　落日に当い

西憶岐陽信
無人遂却廻
眼穿當落日

心は死して　寒灰を著く
霧樹　行くゆく相引き
連山　望　忽ち開く
親しき所は　老痩に驚く
辛苦して　賊中より来たればなり

心死著寒灰
霧樹行相引
連山望忽開
所親驚老瘦
辛苦賊中來

（「喜達行在所」三首〈其一〉）

長安から西方、岐山の南の地である鳳翔からの連絡を、誰もみんな待ち続けているのに、連絡に出た人は、一人ももどってこない。収容所の虜囚であった自分は、毎日、目に穴があくほど夕日をみつめ（夕日が落ちるあたりに鳳翔がある）、心はすっかりひえきって、つめたい灰をまぶした感じだった。「心は死して寒灰を著く」の句は、『荘子』斉物論の「心は固より死灰の如くならしむ可きか」、心は、死灰のようにすることはできない、を利用し、しかしあのとき、自分の心は寒灰をまぶして死んでいた、とうたっている。以上、前半の四句は、収容所の毎日の追憶である。

次に一転して、脱走の道行きの状況をうたう。夜霧に包まれた樹木が、わたしを導き、つらなる岐山の山なみがつきて、からりと眺望が開けたところ、そこにめざす行在所の地、鳳翔があった。昔の友人たちは、わたしの姿を見て、年もとったしひどくやつれたなとびっくりしていた。むりもない。こうしてつらい思いをして賊中を逃れてきたのだから。

賊の包囲の中を、恐らく昼間は姿をくらまし、夜になって山道を、霧に包まれた樹木をたよりにかろうじて鳳翔にたどりついたのであろう。その状景が、第五・六句の聯によく写されているが、樹木にひっかけひっかけ歩いてきたので、着ている衣服は破れ、そでから両腕がむき出しになるといったありさまであった。そのことはついで作った「述懐」という詩のなかにうたわれている。

**左拾遺に任ぜられる**

賊の包囲の中を、単身脱走してきた杜甫の忠誠心をめでて、粛宗は特に抜擢して左拾遺という官を杜甫にあてた。そのときの感激を綴ったのが、「述懐」と題する五言三二句の古詩である。その詩のはじめにうたっていう。

去年　潼関破れしより
妻子　隔絶久し
今夏　草木長ずるのとき
身を脱して　西走するを得たり
麻鞋にて　天子に見ゆ
衣袖　両肘を露わす
朝廷　生還を慜れみ
親故　老醜を傷む

去年潼關破
妻子隔絶久
今夏草木長
脱身得西走
麻鞋見天子
衣袖露兩肘
朝廷慜生還
親故傷老醜

涕涙のうちに　拾遺を授けらる　　涕涙授拾遺
流離にも　主恩は厚し　　流離主恩厚
（「述懐」）

去年、潼関が破れたというのは、天宝十五年六月九日、潼関を守る哥舒翰の軍が賊軍に撃破されたことをいう。潼関は、洛陽から長安に通ずる街道の唯一のかための関所で、この潼関が破られると、長安は事実上まる裸になる。そして事実その通り、六月には長安が陥落した。杜甫は、それに先立つ五月、家族を白水県に移し、さらに六月鄜州の羌村に移した。それ以後、彼は捕虜になり、家族とは離れ離れのままであった。

翌至徳二年の四月、単身収容所を脱走して鳳翔の行在所にたどりついたのであるが、そのときはこの詩にいうように、麻のわらじばき、着物はひきさかれてぼろぼろ、両腕をむき出しのまま、天子に拝謁するというありさまであった。しかし天子は、その無礼をも許し、詩人の忠誠心をめでて、特に左拾遺に抜擢した、こうした流離の時、すなわち戦乱の時期にも、天子のご恩はきわめて厚かったと杜甫はうたった。

左拾遺という官は、門下省に属し、中書省に属する右拾遺とともに、従八品上の官で、決して高い官ではないが、しかし出世コースの官で、天子の側近にあって、政治上のことに関し、意見を直接に言上できるという役割をになっていた。平時ならば、科挙の試験を優秀な成績で合格した者のみがあてられる官である。杜甫は、科挙には合格していないので、その点では無資格者であったが、杜甫の忠誠心をめでての、特別の任用であった。したがって杜甫は、この任用に大変感激した。さきに掲げた詩でも、その感激の一端が表明されている。

## 房琯の弁護

諫官（天子をいさめる立場の官）の地位についた杜甫は、まじめな人がらであるだけにこの名誉ある職をけがすまいと気おいたった。早速ひとつの事件がおこった。天子の裁定が下って、左拾遺の官に就任して間もなく、宰相のひとりであった房琯に対する排斥運動がおこり、天子の裁定が下って、房琯は五月に宰相をやめさせられ、太子少師という皇太子の教育係に移された。

杜甫はただちに房琯のために弁護し、房琯こそ忠臣であるむねの上疏（天子に意見の文書を奉ること）をした。房琯という人は、かつて天宝十五年の七月、玄宗が蜀におちのびるさなか、遅れて玄宗の一行に追いつき、その場で宰相の列にあてられ、その年の八月の末には、玄宗の命を受けて、霊武で即位した粛宗に、伝国の宝、および勅書を届けに赴いた人物で、玄宗に譲位を説得したひとりであったと考えられる。

その年の十月、長安一帯の男を根こそぎ動員して長安の収復を企図し、みずから招討使としてにわかじたての軍隊を指揮したが、結果は前述したように惨敗に終わった。その敗戦の責任を問われたのであるが、裏面には同じく宰相の列にあった崔円との権力争いもあったらしい。崔円は、宦官出身の李輔国と結んでいるとうわさされた。李輔国は、粛宗の霊武の即位を画策し、その功によって元帥府行軍司馬という高位を手にいれた人物である。一方の房琯は、その父の房融もかつて則天武后の朝において、宰相をつとめたという貴族の家柄の出身であるが、学芸好きであり、清廉な人、よく人物を見ぬき、人材を抜擢することでも知られていた。若いころの杜甫が世話になったこともあるらしい。平時ならば、すぐれた人格者として通る人物である。いま房琯を追放しようとする一方の権力が、李輔国、そして宦官と結んでいるとあれば、杜甫は怒りを爆発せざるをえなかった。

## 「北征」の詩

粛宗は杜甫に目をかけていたのであったが、杜甫がさし出したこの上疏にひどく当惑した。そこでその年至徳二年の八月、杜甫にしばらく暇を与えて家族を見舞わせることにした。ていよく一時期、中央から杜甫を遠ざけようとしたのである。

杜甫はいい知れぬさびしさを懐きながら、疎開している鄜州の家族のもとに旅立つ。そのときに作った長篇が、

皇帝　二載（至徳二年）の秋　　皇帝二載秋
閏八月初吉　　閏八月初吉
杜甫　将に北に征して　　杜甫將北征

蒼茫として　家室を問んとす　　蒼茫問家室

ではじまる五言古詩「北征」である。この「北征」は、百四十句から成り、杜甫の詩のなかの最長篇、その中で作者は、道中目にした戦争の悲劇を、道行きの語りものふうにうたい、家にたどりついた時の、妻子のいたましい姿を語る。

夜深けて　戦場を経たり　　夜深經戰場
寒月は　白骨を照らす　　寒月照白骨
潼関　百万の師　　潼關百萬師
往者散ずること　何ぞ卒なりし　　往者散何卒
遂に　半秦の民をして　　遂令半秦民
残害せられて異物と為ら令む　　殘害爲異物

とうたうのは、道中の見聞。長安一帯の地の約半数（「半秦」）の人民は、そこなわれて死者（「異物」）となったうらみをうたう。

久しぶりにあった家族の姿の描写がまたすさまじい。二人のむすめのつぎはぎの衣服は、かろうじて膝をおおい、着ている衣服の海図の模様は、波がさけ、上下転倒している。やせた妻は、みやげの化粧品に目を光らせ、幼いむすめは、母にまねて顔中べたべたと化粧をしはじめる、などなど。終わりは、いつかはまた平和な時がくる、唐の王朝はこんなことでは亡びぬのだ、と結ぶのであるが、この百四十句もつらねられた「北征」の詩は、こんにちなお涙なしに読むことはできない。

**家族を長安につれもどす**　杜甫が鄜州に出むいている留守中、九月に官軍は長安をとりもどすことに成功し、続いて十月には洛陽も収復、粛宗は鳳翔から長安にもどることになった。さらにその年の十二月には、いまは上皇となっている玄宗も、蜀から長安にもどった。杜甫も十一月、家族を長安につれもどした。

それから翌年の六月まで、杜甫は長安にあって、比較的平穏な日々を送ることができた。官はさいわい、左拾遺のままでいられた。杜甫はこの時期、王維や岑参らと詩を唱和しあって、文学を楽しむというゆとりもあった。そして、ややのんびりした詩も作られた。たとえば次の句を含む七言律詩も、この時期のものである。

朝より回りて　日々　春衣を典にし
毎日　江頭より酔を尽くして帰る
酒債は　尋常　行処に有り
人生七十　古来稀なり

朝回日日典春衣
毎日江頭盡醉歸
酒債尋常行處有
人生七十古來稀

（「曲江」二首〈其二〉の前四句）

七十歳を「古稀」というのは、杜甫のこの詩から出るのであるが、作者はしばしの平安を、同僚と心ゆくまで楽しんだ。ただしこの詩は、かなりたわむれの気持ちで作られている。

## 左遷そして免官

杜甫が左拾遺の官にあったのは、正味一年あまりであった。乾元元年（七五八、詩人四七歳）の六月には、房琯が邠州刺史として地方官に左遷されるとともに、杜甫も房琯の徒党ということで、左拾遺を免ぜられ、長安の東の華州というまちの司功参軍事に左遷され、中央から追放されてしまった。元来が中央の官位につくには無資格者であった杜甫であったので、いったん都を追われると、もうふたたび中央にもどれるチャンスはまずない。杜甫は、うらみの気持ちを抱きつつ、長安を離れて華州に赴くことになった。このとき、京兆尹（都一帯の地の長官）であった厳武も、やはり房琯の党であるということで、四川の巴州刺史に左遷された。

房琯の失脚とともに中央を追われた杜甫は、かつて長安を脱して鳳翔の行在所に向かったときにくぐりぬけた金光門を、親しい友人と別れを告げつつ、重い足どりで出ていった。その時の詩の中で、

移官は　豈に至尊ならんや　　移官豈至尊

（「乾元初、従左拾遺移華州掾、与親故別（云云）」と題する五律の中の句。）

と述べ、華州司功参軍事への転出が、粛宗の意志から出たものではなく、側近の陰謀によるもので

あることをにおわしている。

華州というのは、長安の東、黄河ぞいにある州。四つの県を管轄し、州のランクでは中州にあたる。左拾遺が従八品の官であったのに対して、中州の参軍事は正八品をたてまえとするから、位階からいえば一階級あがったことになるが、事実は左遷であったこと、いうまでもない。司功参軍事というのは、略して司功参軍というが、要するところ州の文教関係いっさいと、民衆の宣撫、官吏の取締りなどにあたる官である。

心にそまぬ地方官への転出であったが、それでも人生に万事きまじめであり、与えられた職務に最善を尽くそうとした杜甫は、精いっぱいに職責をはたそうとした。正直者の杜甫は、左拾遺として中央にあったころは、唐の王朝体制に密着し、そこから離れるようなことは考えもしなかったのであったが、地方官になれば、こんどは少しずつ、民生の幸福ということに視点を移していった。そうした変化がしぜんに、いやむしろ当然のこととしてできるところが、いかにも杜甫である。詩人としての杜甫の眼は、しだいに、かつて無官であったころ「兵車行」をうたったその姿勢にもどっていこうとした。

職務上、地方視察の機会も多かった。地方官として、実際に地方の状態を目にしてみると、あまりにも事態はひどく、むごたらしい。そこで杜甫は、その事実を題材にして、「三吏三別」と一口に総称される六首の詩を作って、少なからず民生の宣撫に役立てようとしたが、それが結局は杜甫の役人生活のいのちとりにもなった。華州司功参軍事に出されて一年余、こんどは役人生活そのものから追放されてしまった。「三吏三別」の詩をはじめ、その間のことは、次章でくわしく説くが、四四歳の十月、待ちに待った官について五年、四八歳の秋、乾元二年（七五九）の七月に、杜甫は免官になってしまったのである。政治社会において、とかく正直者が挫折させられるのは、昔も今も変わりがない。杜甫は号泣したに違いないが、免官になった時の詩には、

官を罷められしは　亦人に由る　　罷官亦由人
何事ぞ　形役に拘せられん　　何事拘形役

（「立秋後題」五言八句の末の句）

とうたい、もう人間の自由が拘束される生活にははいらぬぞ、とかなりの強がりを示している。「亦人に由る」ということばは、左拾遺をやめさせられた時「移官は豈に至尊ならんや」とうたったのに応じているであろう。

＊　「乱雲」が、杜甫の新造語であるらしいことは、拙稿「杜甫の詩における乱・欹・危」と題する論文で論じたことがある。いまそれは、『唐代詩人論』㈢（講談社・学術文庫）に収めてある。

# 「三吏三別」と免官

**「三吏三別」の社会詩**　「三吏三別」とふつう称されている詩は、「新安の吏」（二八句）、「潼関の吏」（二〇句）、「石壕の吏」（二四句）の「吏」をもって題する作品三首、「新婚別」（三二句）、「垂老別」（三二句）、「無家別」（三二句）の「別」をもって題される作品三首、つごう六首の連作を総称したものである。いずれも五言古詩、そして漢魏の楽府（民歌）の形をとる。この六首の作品は、杜甫が華州司功参軍事のときにうたったもので、杜甫の社会詩の代表的作品であると評価されているものである。

華州司功参軍事として着任した杜甫は、乾元元年の歳末、所用があって洛陽にゆき、翌年の春、洛陽から華州の地にもどってきた。この往復の途次、直接目にし、体験したことを題材にしてうたい、かつその構成をくふうして組立てたものが、この六作品であった。

この六作品を、杜甫はある構成を考えて発表した。したがって六作品は、その配列の順を追って読んでゆくのでなければ、詩人の心の動きを追うことにはならない。一九七一年、郭沫若は、『李白と杜甫』の著書において、この「三吏三別」を紹介したが、まず「三別」を示したあとに「三

「新安吏」

吏」を掲げ、結局のところ杜甫は、自分が「吏」であるという立場から離れないのだと論じた。しかしそれは、ややためにする議論であるというほかはない。

郭沫若は、「三吏三別」を「それぞれ独立した六首の詩であるが、一つの主題のもとに構成した六段の楽章であると見ることができる」といって、六首でひとつの意図が示されるという考えを示しているのであるが、解説ではまず「三別」を読み、次に「三吏」を論ずるという順序で論を進めた。これでは、連作の効果と、それに寄せる作者の意図をくみとったとはいいかねる。「三吏三別」は、その配列にすでに作者のくふうと意図があるのであって、読者はその順序で読みとってゆかねばならないものなのだ。

## 「新安吏」の詩

「新安の吏」の新安とは地名。洛陽のてまえ、やや西方に位置する河南省の地である。杜甫の「三吏三別」は、新安で目にした事実をうたうというこの作品からはじまる。旅客として新安の道を通ったとき、がやがやと兵士の点呼をしているのを目撃したという叙述から、詩はうたいはじめられる。

旅客の杜甫は、新安の「吏」（役人）にそのわけをたずねたところ、役人は、この県にはもはや壮丁はいず、昨夜の府からの令状に、ついに「中男」を徴発することにしたのだという。当時、十八歳から二十二歳（いずれも数え年）の男子が「中男」、二十三歳以上が「丁」である。見れば、「中男」たちは、ひどくたけが小さい。こんなことではたして賊軍の守備にたえられるのだろうか。そこで詩人は、そこに展開されている別れの場面を写しながら、きびしいことばを投げる。

自ら眼をして　枯れ使むる莫かれ　　莫自使眼枯
汝が涙の　縦横するを収めよ　　收汝涙縦横
眼　枯れて　即え骨を見わすとも　　眼枯即見骨
天地は　終に無情なり　　天地終無情

官軍が相州を奪取するというので、われわれは日夜その日を待ち望んだが、思いもかけず賊の力は予測しがたく強く、官軍の方がかえって敗れ、兵士はそれぞれ星のごとく散っていったとうたうその部分は、至徳二年（作者四六歳）の三月、安慶緒（安禄山のむすこ）攻略のための官軍がかえって敗れた事実にふまえている。その後、官軍の総司令官の郭子儀は、河陽の橋を断って洛陽を死守するのであるが、いま新安で徴発されている「中男」は、その洛陽守備にあてられるのであった。杜甫はこの詩を結んでいう。

況んや乃ち　王師は順なれば　　況乃王師順
撫養　甚だ分明なり　　撫養甚分明
行を送りて　血を泣する勿かれ　　送行勿泣血
僕射は　父兄の如し　　僕射如父兄

（以上「新安吏」）

「僕射」とは、郭子儀をさす。郭子儀は、至徳二年五月（杜甫四六歳）、戦に敗れたために司徒から左僕射におとされたが、至徳二年十一月、ふたたび司徒にもどり、翌乾元元年八月には、中書令に昇任した。したがってこの詩が作られているときには中書令であったはずであるのに、「僕射」をもって郭子儀をいっているのは、あえて貶官（さげられた官）をもって郭子儀をよんで、そこに杜甫の権力に対する抵抗の意志を示したのだという説もある。それはともかくとして、「新安吏」の終りに示された詩人の眼は、なお体制の側にあって兵士たちをなぐさめることばになっている。

## 「潼関吏」の詩

次に置かれるのが「潼関の吏」。潼関は、新安よりはるか西にあり、華州に近くなる。潼関にたどりついたら、兵士たちがせっせと築城にいそしんでいた。鉄もかなわぬかと思われる堅固な大城もあり、山の上には小城もある。潼関の吏は、関塞を修復して胡（安史の軍）に備えるのであるといい、要塞の堅固さを実地について説明した。それに対して杜甫

「石壕吏」

は、次のことばを投げかけて、この作品を結んでいる。

哀しいかな　桃林の戦には　　哀哉桃林戰
百万　化して魚と為れり　　百萬化爲魚
請う　防関の将に嘱さん　　請囑防關將
慎みて　哥舒に学う勿かれ　　愼勿學哥舒

（「潼關吏」）

天宝十五年、杜甫四五歳の六月、安禄山の乱が起こった年、哥舒翰は潼関から出て河南省霊宝県の桃林に出撃して安禄山の大軍を迎え、大敗を喫した。二十万の唐軍のうちの数万が、黄河に追いつめられ黄河で溺死した。それをふまえて詩人はいう、防関の将よ、こんどこそはかつての哥舒翰のような軽率な行動をとることなく、この要塞を死守して、長安への道をしっかりと守ってほしい、と。この詩にはしかし、なお唐王朝への、またその体制への期待がこめられている。

## 「石壕吏」の詩

第三に配されているのが「石壕の吏」である。石壕は、新安と潼関のちょうど中間にあたる。日暮れに石壕の村に宿ったところ、役人が村人の男を徴発にやってきた。宿の爺さんは、徴発をのがれるために塀を越えて逃げ出し、婆さんが門口で応待にあたった。どなりちらす役人の声。はげしく泣いてくどく婆さんの声。婆さんの訴えを、詩人はひそかに聞く。三人のむすこは三人とも鄴城のいくさにとられたが、つい最近一人のむすこから便りがあり、二人のむすこは戦死したという。家にはもう男はいない。ただ乳離れしない孫がいるだけだ。孫がいるので、嫁は家を去らずにいるが、その嫁も満足なスカートとてないありさまだ、と。鄴城のいくさといえば、その年の三月三日の郭子儀らによる鄴城の攻略をさすであろう。婆さんのことばはさらに続く。

このばばめ、力は衰えてはいても、お願いです、そなたといっしょに今夜すぐにも戦城にまいりましょう。急ぎ河陽の労役にはせ参じたならば、なお朝食のめしたきぐらいはできましょう。鄴城のいくさに敗れた郭子儀は、しばらく河陽にとどまって防備を固め、その後洛陽にはいったのであるが、「河陽の役」とは、そのおりの河陽の労役をいうか。以下詩人は、次の四句をもって、事実のみをリアルに語り、みずからの感想をなんら加えることなしに、この詩篇を終結させている。

夜久しくして　語声絶え　　夜久語聲絶
泣いて幽咽するを　聞くが如し　　如聞泣幽咽

天明　前途に登るのとき　　天明登前途
独り　老翁と別る　　　　　獨與老翁別
（「石壕吏」）

夜ふけ、老夫婦は最期の別れのときを持ったらしい。夜明け方、前途を急ぐ杜甫を見送ったのは、ただ爺さんだけであった。

杜甫はこの詩において、よけいな感想をつらねず、事実のみを凝縮させて述べる。そしてかえって、言外の余韻を強く残している。この時点における詩人の心情は、あまりにもひどい事態だ、という一語につきるであろう。もはやここにいたっては、体制のやりかたを擁護すべくもない、ただただことばを失うのみの杜甫であった。

### 「三吏」の構成

この三篇のくみあわせには、劇的効果を予想しての構成がある。地理的にいって、もし華州から洛陽にのぼったときの見聞ならば、潼関→石壕→新安とならぶべきであり、洛陽から華州への帰途の見聞ならば、その逆になるべきである。行きに新安での一事件を見、帰途に潼関・石壕の経験をしたというなら、いちおう地理的な問題は解決がつくことになるが、しかし時間的な問題を考えたとき、やはりくいちがうところがでてくる。

時間的に考えたとき、つまり事件の順序を追ったときは、「石壕吏」のはなしが「新安吏」のはなしの前に置かれるべきであろう。歴史的事実を追ったとき、乾元二年三月、郭子儀らが相州（鄴城）の攻略をして大敗し、やむなく河陽に防禦態勢をとり、さらに洛陽にこもったのであるから。

しかしながら、連作としての劇的効果を考えるならば、やはり「新安吏」「潼関吏」「石壕吏」の順でなければならない。そうしてこそ始めて、詩人の発言の姿勢の変化と深まりとが見られるのである。詩人の眼が、しだいに体制から離れてゆくそこのところに、この連作の意味があるのである。

このことは、「三別」の配列においても、同様に考えられ、体制に対する杜甫の批判の眼は、作品を追ってしだいによりいっそうきびしいものになってゆく。

## 「三別」の構成

「新婚別」「垂老別」「無家別」のいわゆる「三別」は、新婚の夫婦の別離、老人夫婦の別離、そして別れるべき家族を持たぬ者の悲しき別離、という構成であるから、この三作品の配列にも、たしかに効果を予想しての構成がある。連作としてこの三作の順序をくずし、入れかえることは、当然むりである。この「三別」は、かならずしも特定の事実にふまえなくても、フィクションの世界において創作することも可能である。しかしながら杜甫は、視点のかまえかたにおいて三つの作品それぞれにくふうをこらし、連作としての劇的演出をくふうしている。

「新婚別」においては、作中の「夫」が「河陽」の守備に赴くのだとして設定され、「垂老別」

では、「土門」とか「杏園」とかの地名が示され、それらの詩に示される事がらは、やはり時事と関連があるのだという配慮を示している。「無家別」は、天宝の乱、すなわち天宝十四年に安禄山の乱が起こってから以後のことであるとして、総論的な語りかけをする。ただし「三別」それぞれが、どこの部落でのはなしであるかはいわない。

「三別」はすべてが三二句から成り、一韻到底（一種類の韻で通すこと）である。「三吏」の方は、「新安吏」のみが一韻到底、「潼関吏」は、始めの二句が一韻、それ以後を別の韻で通し、「石壕吏」は、四句ごとに換韻をするというふうに、各作品の長さも異なるとともに、押韻においても変化を持たせている。それにくらべたとき、「三別」の方は、長さも、押韻のしかたも同様で、そこにかえって、別の技巧的くふうを発見することができる。杜甫は「三吏三別」の構成を、なかなかくふうしぬいたのだということができる。

**「新婚別」の詩**

「新婚別」は、漢代の民間詩の発想を利用しながら、次のようにうたい始められる。

兎糸　蓬麻に付く　　　兎絲附蓬麻
蔓を引く　故より長からず　　　引蔓故不長
女を嫁して　征夫に与うるは　　　嫁女與征夫

路傍に棄つるに　如かず　　不如棄路傍

「よもぎ」（蓬）や「あさ」（麻）のような、たけの低い植物にまつわりついた「ねなしかずら」（兎糸）は、いうまでもなくつるを長くのばすことはできないというこのうたい出しは、漢代の民間詩「古詩十九首」〈其八〉（『文選』に載せられている）の次の句を応用している。

君と　新婚を為す　　與君爲新婚
兎糸　女蘿（ひめかずら）につく　　兎絲附女蘿
（「古詩十九首」〈其八〉）

それに続けて詩人は、今の時代出征兵士にとつがせるくらいなら、路傍に棄てた方がましだ、ときびしいことばを投げかける。それはかつての「兵車行」で、男を対象にいったことばにかようきびしさを示している。

以下、新婚の妻のなげきのことばをつらねる。そなたの妻になったというのに、夕方婚礼をして翌朝には別れるというのは、あまりにもあわただしすぎる。そなたは河陽の守備に赴かれるという。よめとしてのわたしの身分は、まだはっきりしていない。どのようにしゅうとやしゅうとめにあいさつをしたらよいのだろうか。「石壕吏」の老婆は、河陽の労役にはせ参じていったが、いま新婚の夫は、また河陽の守備に赴くという設定である。しかも「死地」に行くのだと次の悲しみのことばをつらねる。

君今　死地に往く　　君今往死地
沈痛　中腸に迫る　　沈痛迫中腸

両親がわたしを養育するにあたっては、日夜わたしのしあわせを願ってくれたものだのに。しかしもう、くよくよしてもはじまらない。わたしは絹の着物もぬぎすて化粧もおとして、あとをしっかりと守りましょう、と決意をつらね、それにしても人間世界には、思いもかけぬ不幸なことがあるものだ、というなげきを述べてこの一篇を結ぶ。

仰いで　百鳥の飛ぶを視るに　　仰視百鳥飛
大小　必ず双び翔る　　大小必雙翔
人事には　錯迕多し　　人事多錯迕
君と永く　相望まんとは　　與君永相望

（以上「新婚別」）

「錯迕」とは、予想がつかない不如意。ここでは思いがけぬ不幸をいう。

### 「垂老別」の詩

「垂老別」は、老人のことばとして語られる。四方の地にはいっこうに平和がなく、老境にはいりながら、安らかでない。子や孫はすべて戦死してしまった。自

「垂老別」

分ひとり生きながらえても意味はない。そこで決意をして、杖を投げすて、門を出て行こうとしたら、つれの者たちも同情をしてくれた。歯はまだ丈夫だといっても、骨髄が乾いてしまっているのが悲しい。しかし、いったん甲冑(かっちゅう)をまとったからには、陣中の作法通りに敬礼をし、上官にも別れを告げた。

老妻は道に臥(ふ)して泣く。年の暮というのに、妻はひとえものを着ている。このたびの別れが死別であることも知らず、しきりに妻は寒さを気づかい、からだをたいせつにという。それに対して老人は答える。土門の城壁は堅固であるし、杏園(きょうえん)を賊が渡ってくることも困難であろうから、鄴城のあたりの形勢とは違う、たとえ死ぬとしても、今すぐということはあるまい。

乾元元年の十月、郭子儀は杏園鎮から黄河を渡り、安太清の軍を破ったのであるが、この詩はそれ以後の時点に、歴史的時間をあわせているのであろうか。

人生に「離合」はつきものだ、そこには老人も壮年も区別はない、と老人は思う。そして若かりし日々のことを思い出して長嘆息をする。そのあと次の八句をつらねて、この篇を終る。

万国　尽く征戍　　萬國盡征戍
烽火　岡巒を被う　　烽火被岡巒
積屍に　草木も　腥く　　積屍草木腥
流血に　川原は丹し　　流血川原丹
何れの郷か　楽土為る　　何鄕爲樂土
安んぞ敢えて　尚お盤桓せん　　安敢尙盤桓
蓬室の居を　棄絶して　　棄絶蓬室居
塌然として　肺肝を摧く　　塌然摧肺肝

（「垂老別」）

「盤桓」は、ためらうさまを示す擬態語。「塌然」、大地が陥没するごとくどっと崩れるさま。いまや天下どこにも平和な土地とてないのだ。この土地にもぐずぐずしていられない。そこで老人は、あばらやにきっぱりと別れを告げたが、心中、これまでの半生の歴史がどっと崩れてゆくようであった。

「垂老別」は、「新婚別」よりもまたいちだんと歎きが深刻である。そして杜甫は、みずからの感慨を加えることをつとめて避け、できるだけ作中の人物に事実を語らせようとしている。それは

「無家別」

一種の、報道文学的手法である。

## 「無家別」の詩

「三別」の最後に置かれた「無家別」は、いっそうすさまじい。別れるべき家族すら持たない男の歎きが、きびしいことばで語られる。天宝の乱よりこのかた、天下は寂莫（せきばく）として、いたるところに雑草が生い茂っている。わが部落は、かつては百余軒の戸数があったが、世の乱れとともに散り散りになり、生きている者も音信がなく、死者は塵泥になったという説明からはじまる。いくさに敗れたわたし（作中の人物）は、ひとり故郷にもどり、廃墟を尋ねた。

久しぶりに行きて　空巷（くうこう）を見れば
日（ひ）は痩（や）せて　気　惨悽（さんせい）たり
但（た）だ対（むか）うは　狐（きつね）と狸（たぬき）
毛（け）を竪（た）て　我に怒りて啼（な）く

久行見空巷
日瘦氣慘悽
但對狐與狸
竪毛怒我啼

いまや太陽すら、やせ細って見える。四隣に住む者といえば、一二の老寡妻（かさい）のみ。しかし「宿鳥（しゅくちょう）は本枝（ほんし）を恋（こ）う」のたとえのとおり、たとえ荒廃はしていても故郷は故郷、ちょうど春なので、わたしは耕作にとりかかることにした。

ところが役人は、わたしがもどってきたことを探知して、またもや召集して陣太鼓を習わせようとした。この州の戦役に従わせるということだが、自分にはもはや家族はいないので、そんななぐさめごとも、うつろなことばだ。しかしまた思う。近くに行くとしても自分ひとり、さればといって遠方の旅ともなれば、いよいよどうなるものかわからない、やはり近くに赴く方がよいのかも知れない。だがまた考える。故郷がすでにない今は、遠くであろうと近くであろうと、結局は同じことだ。詩人はこの部分で、作中の男の屈折したためらいの感情を写し出そうとする。ただわたしの心を苦しめるのは、永患いの母を死なせて、墓も作らずに五年もほってあるということだ。わたしを生んでくださった母さまは、わたしを力とたのむこともできず、二人はお互いに、生涯つらい思いに泣くばかりだった。このようにうたい続けて杜甫は、突如次の二句を置き、この「無家別」の詩を結ぶ。

人生　家無きの別れ　　人生無家別
何を以てか　蒸黎と為さん　　何以爲蒸黎

（以上「無家別」）

人と生まれて、別れるべき家族すら持たずに死別の別れをさせる、こんなことでどうして人民に対する政治があるといえるのか。この最後の二句は、作中の男の歎きであると同時に、作者自身の慨嘆でもある。「蒸」「黎」、ともに衆の意、「蒸黎」とは、民衆、人民である。

この最後のことばは、まことにきびしい。それはもはや、体制にある者の発言ではない。現実の政道のあり方に対しての、本質的な懐疑であり、抵抗ですらある。劇的構成をもって構成された「三吏三別」は、あとのことばを許さないこの「何を以てか蒸黎と為さん」の一句をもって、ここに全作品をしめくくったのであった。まことにみごとな構成であり、しめくくりである。「三吏」「三別」それぞれに、ひとつずつ作品がすすむとともに、しだいに深刻な事態が描き出され、はじめは体制の側に立っていた詩人の目が、しだいに体制から離れ、ついに最後には、体制への批判者としての目をすえるにいたっている。

## 「三吏三別」の文芸的性格

「三吏三別」が、杜甫の社会詩の中での最高傑作であるということは、後世の批評家の一致した見解である。ところでこの詩は、当時どういう発表の場を持っていたのであろうか。杜甫はこれらの詩を、時事の詩として、一般に流したにちがいない。これらはいわばコミュニケーションが不十分な時代における有力な報道文学であったと考えられる。そのことについては、すでに別にくわしくしるしたので、*いまは考えの方向をしるすにとどめておくが、コミュニケーションが不十分な時代、人々の記憶をたよりに伝達を期待する時代にあっては、報道のための形態として、詩がもっともふさわしい。

かつて友人の岑参(しんじん)は、中央アジアの風物を報道詩にしたてて、都に伝播させた。杜甫自身もまた、虜囚として収容所にあったころ、いろいろのニュース詩を作って、情報伝達の具に供した。そしていまは、民衆に対する宣撫をもその職業とする地方官として、これらの社会詩を、積極的にニュース詩として民間に流したのであろうと思われる。

杜甫にして見れば、このさい特に体制に抵抗しようとするまでの意識もなかったかも知れない。司功参軍事という職に忠実であろうとして、当然心をくばらなければならない民衆対策のために、民衆に正確な報道を与えようという意図で、すすんでこれらの詩の作製にかかったものかと思われるが、詩人としてのすぐれた感受性が、作品の上での妥協を許さなかったがために、その叙述は、体制社会に職を奉ずる者としては不適当な方向の言辞にまで及んでしまった。

杜甫の社会詩のなかで、これほどすぐれた劇的構成と展開とをくふうした作品はほかになく、また、これほど歴史的現実の事実をあばき出し、リアルに説明しきった作品はほかにない。「三吏三別」のどれをとっても、もはや楽府(がふ)の常套(じょうとう)手段である前時代のこととして語るというまわりくどさをとらない。一貫して、現代史の事実そのものを語っている。まさにこれらの詩は、宋人のいうごとく、「詩史」、詩による現代史である。そのこと自体、注目すべき大胆さであり、特異性をそなえているが、しかしこの作品の発表は、結局のところ、役人である杜甫の首をくくってしまった。

## 免官の裏面

「三吏三別」を発表してまもなく、杜甫は華州司功参軍事をやめさせられてしまった。杜甫が華州司功参軍事を辞したのは、そのころ華州一帯を襲った凶作で食糧に苦しんだがため、と一説には説かれている。そのころ華州にひでりが続いたことは、杜甫四八歳の夏の作である「夏日の歎き」と題する五言古詩の中に説明されてもいる。しかし四十代をすぎてなお、あれほどまでに仕官を望んでいた杜甫が、かりに意に満たぬ地方官であるとはいっても、それをやめるというのは、よほどの事が裏面にあったからと考えなければならない。

四八歳の立秋の後のある日、杜甫は「立秋の後に題す」と題する詩を作っているが、その中で「官を罷められしは　亦人に由る」ということばを吐いている。封建社会に生きる中国の知識人は、自分の身分上の変動について、弁解がましいことをいわないというのが常識である。杜甫も、華州司功参軍事をやめなければならなかった経緯、そして五年の役人生活から離れなければならなかったいきさつを、みずからは明確に説明しようとしない。

杜甫が司功参軍事をやめたのは、実は罷免されたのであった。その原因をなしたものは、「三吏三別」の舌禍であったと見られる。『詩経』以来、政治や社会のあり方に対する詩人の「諷諭」(批判)は、これをとがめないという伝統があったにしても、戦時下の緊急体制下である。安・史の乱は、なお続いている。そうしたとき、「無家別」の最後に示されたような、体制に対する鋭い批判の姿勢、読みようによっては、体制への反抗とも受けとれるその発言は、やはり許される限界を越えていたのであろう。以後杜甫は、なまなましい歴史的事件を題材にして、「詩史」とも称されるべきリアルな社会詩を作ることをやめてしまったことも、その想像を裏づけるものである。

＊　「三吏三別」は、報道文学として考えるべきものであることについては、拙著『唐詩―その伝達の場―』（ＮＨＫブックス　昭和五一年）において述べた。

## 放浪の旅立ち

**自由詩人としての出発**

役人生活を罷免された杜甫は、以後の人生をどのように送ってゆくべきか、ひそかに人知れずなやんだに相違ない。家族もいるし、生活のこともある。いろいろと考えあぐねた末、結局自分には、詩しかないことを悟った。日ごろ、自由な時間を持ち、自由な生活をしたいと思うおりもあったが、これからはそれができる。自由詩人の生活に、自分をかけてみよう。杜甫はそう思いたって、家族をひきつれ、あてどない放浪の旅に旅立つことになった。官をやめさせられた直後の「立秋の後に題す」の中でもいう、

平生　独往の願
惆悵たり　年　半百
官を罷められしは　亦　人に由る
何事ぞ　形役に拘せられん
（「立秋後題」）

平生獨往願
惆悵年半百
罷官亦由人
何事拘形役

「独往」ということばは、『荘子』在宥篇の「六合に出入し、九州に遊び、独往独来する　是れ

を独有と謂う」をふまえる。したがって「独往の願」とは、天地の間を思いのままに逍遥する自由な生活の願望をいう。そういう自由を得たいと思いながらも、俗事にひかれて、もう五十歳近くにまでなってしまった、と歎く。「何事ぞ形役に拘せられん」、もう今後は、俗事に身を屈し、拘束されることはしないぞ、というこの発言は、陶淵明を意識しつつ、同時に自己の決意を語るものである。

この詩を作ってまもなく、杜甫は妻と二人のむすこ、二人のむすめ、そして使用人をつれて秦州で役人をしているおいの杜佐をたよって、とりあえずは秦州に向けて放浪の旅にのぼった。秦州は、今の甘粛省天水市の地、山の中のまちである。杜佐は殿中侍御史杜暐の子、杜甫と同じく襄陽の杜氏の系譜につらなる。

立秋が過ぎた七月のある日、秦州に向けて出発、一時は秦州に家をかまえようとしたが、結局住みにくさを感じて、その年の十月には秦州から同谷に向かった。十月に秦州を出発したことは、「秦州を発す」と題する五言古詩にしるされている。同谷は、秦州よりさらに南の山奥の地。この同谷も、やはり詩人を安住させなかった。そこで剣門山を越え、四川省の成都に向かうことにし、その年の十二月の末、ようやく家族ともども、成都にたどりついた。秦州にはあしかけ四か月、同谷にはあしかけ二か月滞在したことになる。放浪の旅の第一期であった。

## 秦州時代の詩

秦州時代の杜甫の詩は、種々の面でみずからを転換させ、これまでの作詩傾向から脱皮しようとした。この脱皮の努力には、いたましいものがある。杜甫はこの時から以後、官僚詩人の列を離れ、詩を人生目的の第一のものとし、言語造詣の可能性をひたむきに追求する芸術詩人としての歩をふみ出した。

秦州への旅は、いうなれば人生の敗北者としての旅であった。杜甫は、秦州への旅程において「秦州雑詩」と題する二十首の連作をまず試みるが、その第一首のうたいはじめに、

満目　生事を悲しみ　　満目悲生事
人に因りて　遠遊を作す　　因人作遠遊
（「秦州雑詩」二十首〈其一〉）

とうたう。このことばは、まことに深刻である。目にうつるもの、生きとし生けるものの生活は、すべて悲しいとうたうこのことばは、軽々しく口をついた発言ではない。

秦州に向かった詩人は、敗北感にうちひしがれ、苦渋に満ち、かぎりない痛恨を心に秘めつつ、重い足どりで、明確な生活の目標もない、暗澹とした歩みを続けたのであった。さればこそ、「秦州雑詩」第四首にも、

万方　声一概　　萬方聲一概
吾が道　竟に何くにか之く　　吾道竟何之

（「秦州雑詩」二十首〈其四〉）

という、救いのないなげきのことばをすら発する。どちらの方向も、すべて戦争の無気味な響ばかり、いったいこれから、どの方向にむいたらよいのだろうか、と慨嘆した。

しかし秦州時代の杜甫は、その人生において最も多作の時期を迎えた。こんにち秦州時代の作品として、八八首の詩が残されているが、そのうちには一〇〇句の詩が一首、六〇句の詩が一首、四〇句の詩が一首、三六句の詩一首、三二句の詩一首、二四句の詩四首、二〇句の詩三首などがあり、まことにたくましい創作意欲を示す。短い詩といっても律詩（八句）どまりで、絶句（四句）の作品は一首もない。杜甫の多作時代は、この秦州時代と、五五、六歳の夔州時代であるが、夔州時代は多いときでも年間二二〇首内外、しかるに秦州時代は、あしかけ四か月、正味三か月内外において八八首という詩を残している。十月から十二月末にかけての、同谷から成都にいたる時期のものとしては、三一首が残されるにとどまっている。三か月前後において八八首というのは、長短篇を含めて、一日に一首に近い数の作品を残していることになる。秦州時代の杜甫は、詩人として最大に燃焼した時期を迎えたということができる。*

**五言律詩のやりなおし**

秦州時代の作品が、すべて五言詩のみであって、七言詩は一首も残していないことも注意を要する。杜甫はすでに左拾遺として長安にあったとき、何首かの軽快な七言律詩を作っている（「曲江」などもその例）。そしてまた、成都時代には、しきりに好んで七言律詩を作る。しかしながら、秦州時代には、七律のみならず、七言のリズムのものがまったくない。なぜ杜甫は、秦州時代、七言の詩を作らなかったのであろうか。主要な原因は、そのときの杜甫の沈鬱な、暗い心情が、軽快な七言のリズムをうけつけなかったためであろう。若いころ長いこと望み続けていた官職、しかし杜甫は、わずかあしかけ五年の役人生活をしただけで、免官となってしまった。情けない気持、腹立たしい気持、それは心の底に重く沈み、とうてい軽くはずませるゆとりを持たなかった。その独言にあたかもかなう、重厚な五言のリズムこそかっこうのものであったに違いない。

秦州時代の杜甫は、しばしば暗く定めのない運命になげき、不安のおののきのことばを吐く。「秦州雑詩」では、「吾が道竟に何くにか之く」（前述）といったが、そのほか秦州時代の詩に、

我が生　飄蕩に苦しむ　　我生苦飄蕩
何れの時か　終極有らん　　何時有終極
（「別賛上人」）
大なる哉　乾坤の内　　大哉乾坤内
吾が道　長に悠悠たり　　吾道長悠悠
（「發秦州」）

などともいう。この沈んだ不安は、やはり五言詩の世界のものである。杜甫は秦州の時代、その重苦しい暗さから逃れることができなかった。

それとともに、別の意識もあった。杜甫は秦州の旅に立つとともに、自分の詩を、改めて出発からやりなおすことを考えたのではなかったか。若い時期の杜甫は、五言詩から出発した。とくに、六朝詩の勉強にふまえての五言八句の作に、若いころからすぐれたひらめきを示した。若いころの五言八句は古詩として作られ、まだ律詩にならないものもあったが、やがて彼は、五言律詩にかなり情熱をもやすようになる。しかしその五言律詩は、なお未完成のうらみが残った。秦州に旅立つとともに杜甫は、芸術的に未完成のまま放置しておいた五言律詩を、勉強しなおそうとしたのではなかったか。秦州時代には、六六首の五言八句の作品を数えるが、そのうち十一首を除いた五五首はすべて律詩である。五律にかける杜甫の夢が、秦州時代ににわかにふくらんだといわざるをえない。在野の詩人として再出発することを決意した杜甫は、若いころ試みつつも完成させえなかった五言律詩制作への意欲を、ここに満たそうとしたということができる。

### 「秦州雑詩」二十首

杜甫はまず、有名な五言律詩の連作「秦州雑詩」二〇首を試みた。この「秦州雑詩」としてまとめられている個々の作品は、もちろん同一時点において作られたものではない。時と所を異にして、道々作った二〇首を、編集してまとめたものであるが、その編集は、杜甫自身の手によってなされた。二〇首の配列のなかに、ある種の構成をくふうしている。それは連作としての効果を、意図的に期待するものである。つい先ごろ、「三吏三別」の社会詩も、そのようにして構成のくふうをしたが、いまそれを五律の連作に試みようとした。

杜甫のこれまでの五律の連作は、四二歳のころの作に十首の連作があり(「陪鄭広文遊何将軍山林」)、四三歳の作と考えられるものに五律五首の連作がある(「重過何氏」)など、いくつかの例を求めてくることはできるが、二〇首もつらねるというようなスケールを持つ五律の連作は、「秦州雑詩」がはじめてである。

「秦州雑詩」において杜甫は、自己の詩人としての可能性をたしかめ、言語造形のくふうを改めて追及しようとしたということが可能である。それは、五言詩のみをうたい続けるなかにあって(秦州時代は五言詩のみを作った)、特に五言律詩の芸術的完成を追求するものであった。

## 対句の技巧

いまここで、「秦州雑詩」を順次紹介し、検討してゆく紙幅がないので、対句(ついく)の技巧という一点にしぼって、「秦州雑詩」に見られる言語造形の追求ぶりをながめてみよう。

杜甫は秦州時代、まず微視の世界と巨視の世界との対比を、いろいろとくふうしてみるところがあった。それは、点と線、部分と空間との対比でもある。たとえばいう、

月は明かなり　葉に垂るる露に　　月明垂葉露
雲は逐う　渓を渡るの風を　　雲逐度溪風

(「秦州雑詩」〈其二〉)

葉ずえのつゆに、きらりと光る月光、そして悠々と大空を飛び去ってゆく雲、それは微視と巨視、点と線、部分と空間の対比のくふうである。またうたう、

葉を抱けるの　寒蟬は静かに　　抱葉寒蟬靜
山に帰るの　独鳥は遅し　　歸山獨鳥遲

(「秦州雑詩」〈其四〉)

鸕鷀は　浅井を窺い　　鸕鷀窺浅井
蚯蚓は　深堂に上る　　蚯蚓上深堂

(「秦州雑詩」〈其十七〉)

葉をかき抱く「寒蟬」(ひぐらしぜみ)と、空間をきって一直線にねぐらに帰ってゆく鳥。近景と遠景、点と線、微視と巨視との対比である。また大空から井戸をうかがう「鸕鷀」(うのとり)と、「深堂」(家の奥)にはいずりこもうとする「蚯蚓」(みみず)との対比、これは逆に大きなスケールと小さなスケール、大きな曲線と小さな直線の対比であるということができる。

このような、微視と巨視、部分と空間、点と線、大きな曲線と小さな直線などの対比のくふうの

中には、たしかに詩人の意図した構成がある。

## イマジネーションの駆使

従前の杜甫は、とかく写実の傾向が強く、イマジネーションを発揮して、芸術的な空想の世界を構築するという面においては、とかく欠けるものがあった。これまでの作品において、精いっぱいにイマジネーションを駆使するかに思われたものは、岑参兄弟と長安郊外の渼陂（湖の名）に遊んだときの「渼陂行」（四三歳の作）で、そこにおいて杜甫は、イマジネーションが豊かな詩人である岑参にあわせて、最大限に努力するかのごとくであるが、かならずしも成功したとはいいがたい。イマジネーションの発揮ということは、むしろこれまでの杜甫において不得意な方向であった。これまでの杜甫は、写実派であり、徹底したリアリズム詩人であったのだ。

杜甫は、現実にふまえて詩的情念が横溢し、それが強靱なはがねになって奔放にほとばしったとき、はじめて杜甫らしい才能が発揮されたのであった。それゆえ、これまでうたい続けてきた社会詩は、写実に秀でる杜甫にとって最もふさわしい題材であった。しかしいま杜甫は、みずからの限界をつき破って、むしろ不得意であった空想的、芸術的領域に、新しい世界をきり開こうとした。

さきに掲げた対句を、もういちどふりかえってほしい。すべてが実景の写生であろうか。「葉を抱ける寒蟬」などは、そうそう目にはいるものではないとしたとき、ある句は、心の景としての虚から脱却しようとしているのである。

景を実景に対比させているということができる。杜甫はこのとき、つとめてリアリズムということから脱却しようとしているのである。

「秦州雑詩」以外に眼を転ずるとき、秦州時代の作品における杜甫の芸術的世界の構築のくふうは、なおいろいろと求めてくることができる。

葉は稀なるに　風は更に落とし　　葉稀風更落
山は迥かにして　日は初に沈む　　山迥日初沈
（「野望」）

落ちゆく木の葉と、山のかなたに沈みゆく夕日。これを同一瞬間の写真的な写実だと考えるのは、野暮な読者だ。もはや杜甫は、写実であろうとなかろうと、心の景を描き、芸術世界の構成をめざしているのである。

水静かにして　楼の陰は直に　　水静楼陰直
山昏くして　塞の日は斜く　　山昏塞日斜
（「遺懐」）

この句の構成は、「直」と「斜」の幾何学的造形で、それは詩人の心の中にくみたてられた絵画的世界なのだ。対象に迫り、対象をありのままに描きころうとしたこれまでの杜甫は、ここにおいて、対象をいっぺん心のネガに焼きなおし、美的構成にくみたてなおして表現する詩人に変容したのだといえよう。それはいうなれば、芸術的虚の世界の構成でもある。

秦州時代の杜甫の作詩の苦心と、新しく示されたくふうの問題については、なお語りたいこともほかにあるが、*ひとまずこれくらいにして先を急ごう。

## 同谷への旅

秦州にあって杜甫は、土地を買い、定住しようかと考えたこともあった。「秦州雑詩」の中でも、

薬を採りて　我将に老いんとす　　採薬吾将老
児童には　未だ聞かしめず　　児童未遣聞

（「秦州雑詩」〈其十六〉）

という。この土地に定住して、薬草とりでもしながら老後を送ろうかとも思うが、まだむすこには話していない、と詩人はいう。

しかし秦州は、湿気の多い山のまち、喘息持ちの杜甫には、やはり不向きである。それと同時に食糧の入手にも苦しんだ。杜甫は結局秦州を捨て、食糧が豊富にあるとうわさに聞く同谷に移ることにした。「秦州を発す」と題する詩の中でうたう。

栗亭　名は更に佳し　　栗亭名更佳
下に　良き田疇有らん　　下有良田疇

腸を充たすには　薯蕷多からん　　充腸多薯蕷
崖蜜も　亦求め易からん　　崖蜜亦易求
密竹　復た冬筍あらん　　密竹復冬筍
清池は　舟を方ぶ可し　　清池可方舟
（「發秦州」）

同谷の地を想像してうたったものであるが、「栗亭」という名がある以上、「くり」もあるのだろう、その下にはよいはたけがあるかも知れない、山いもも多いだろうし、がけからは蜂蜜もとれるかも知れない、竹林が多いと聞くが、冬のたけのこが入手できるかも知れない、そこの池では、舟を浮かべて釣りもできよう。なんと驚くべきことに、この部分はほとんど食べ物への夢で満たされている。秦州ではよほど、食糧に苦労したらしいのだ。

同谷に向かう途中、杜甫はこんどは旅の道行きの詩をみずからに課して、十二首の紀行詩を作る。それらの道行きの詩にも、従前の杜甫の詩には見られなかったいくつかのくふうを見出すのであるが、同谷への道中の詩の紹介は省略しよう。

さて期待してたどりついた同谷であったが、生活の面ではさらにきびしい状態が待ちうけていた。しばらく栗亭付近に居を定めたが、杜甫はついに同谷にも見きりをつけ、十二月一日同谷を発ち、**けわしい剣門山を登って蜀（四川省）の成都をめざすことにした。同谷にいたのは、正味二か月足らずであった。同谷から成都に行く道中、やはり紀行の詩を作り続けることをみずからに課し、十二首の紀行詩を残す。足の弱い妻やこどもをつれての剣門山越えは、苦労多いものであったであろうが、その年の暮、ようやく成都にたどりつき、ひとまずまちの寺院（こんにちの成都草堂祉のとなりにある草堂寺がそれであるという）に一家は寄寓することになった。数え年四八歳の暮のことである。

＊　秦州時代の杜甫の詩風については、「秦州時代の杜甫詩」と題して、日本中国学会報第二三集（昭和四六年）に寄せた。いまそれは、拙著『唐代詩人論』㊂（講談社、学術文庫）に収められている。

＊＊　十二月一日に同谷を発ったことは、「同谷県を発す」の原注（自注）に、「乾元二年十二月一日、隴右（同谷）より成都に赴くの紀行」とあることからわかる。

# 成都の時代

## 浣花草堂を造る

乾元二年（七五九）、十二月一日に同谷をたち、歳末に成都に到着、一時寺（今の杜甫記念館の隣りにある草堂寺、一名浣花渓寺がそれであるという）に寓居していた杜甫は、翌年、上元元年の春、浣花里にささやかな草堂を造って、家族ともどもそこに住むことになった。草堂を造る費用は、司馬の官にあった従弟の王なにがしが醵出してくれた。杜甫はそのことを詩にしたててうたった。

我の　茅棟を営むを憂いて　　憂我營茅棟
銭を攜えて　野橋に過ぎらる　　攜錢過野橋
他郷　唯だ表弟あるのみ　　他郷唯表弟
還往　労を辞する莫かれ　　還往莫辭勞

（「王十五司馬弟、出郭相訪、遺營草堂貲」）

わたくしが、かやぶきの草堂を造るというのを心配してくれて、わざわざお金を持って万里橋のそばに立ち寄ってくれた。他郷においてたよりになるのは、王十五司馬よ、そなただけだ、どうか

杜甫記念館

今後も、労をいとわずに往復してくれたまえ。「表弟」とは、父の姉妹の子で、自分より年下の者をいう。「王十五司馬」という人物が、当時どこの司馬で、名はなんといったのか、今ではもはや明らかにするすべもないが、蜀州、あるいはその近くの州の司馬であったのであろう。また、蜀のあたり、各地で役人をしている友人たちが、杜甫の草堂のために、樹木を贈ってくれた。

こうした知人たちのあたたかい好意で、杜甫は草堂を持つことができたのであるが、その場所がどこであったかは、ちょっとはっきりしないところがある。現在は草堂寺の西隣、寺の壁をへだてたところに杜甫記念館があり、そこがかつての草堂があった土地なのだと伝えられているのであるが、はたしてどうであろうか。現実に記念の名所とされている場所と、実際の歴史的場所とは必ずしも一致しない例は、中国のみならず、日本においてもいろいろとある。

杜甫の詩にうたわれている草堂の位置を考えるとき、それは、成都の「西郭」の外(「郭」は、二重に設けられた城壁の外側のもの)、近くには、「浣花渓」が流れ、「万里橋」という、蜀から揚子江の下流万里の道のりの出発点にあたる橋の西側にあり、花の名所「百花潭(たん)」という土地の北側にあった。これらの地名は、杜甫記念館の近くに、いまなお残っているが、それもまた、昔の場所そのものかどうかは、若干の疑問が残る。今、杜甫記念館の前にある池沼を土地の人は「浣花渓」であるといっているが、今の「浣花渓」は、もはやせきとめられ、川としての機能を果たしていない。

杜甫の草堂の地が正確にどこであったのかは、確認しがたいものがあるが、杜甫は、詩の中で次のようにいろいろとうたっている。

郭を背にして堂成り　白茅(はくぼう)に蔭(おお)わる　(「堂成」)

浣花渓の水　水の西頭　(「卜居」。「渓水」は一に「流水」に作る)

万里橋の西の　一草堂　(「狂夫」)

万里橋の西の宅(いえ)

百花潭の北の荘　(「懐錦水居止」二首〈其二〉。この作品は、五四歳、雲安時代の作。)

そこは、成都の城郭の外、西門を出たところにあり、杜甫が草堂を造った時には、堂をめぐって浣花渓の清流が流れていた。杜甫は後に、草堂に接続させて「水檻(すいかん)」(水辺にはり出したベランダ)を作り、釣りを楽しむおりもあったし、また、北方には、雪をいただく「西嶺」が望まれるという、閑静な土地であった。

杜甫の家族は、この成都の草堂におちつくようになって、久しぶりに平穏な生活を楽しむことができた。以後、五四歳の五月まで、あしかけ六年、この草堂を拠点として、自由な生活にはいったのである。

## 高適・厳武の世話

成都時代の六年間、杜甫は昔からの親友高適・厳武の世話を、相ついでうけるようになった。高適・厳武の経歴については、こんにちなお細部において不明なところがあるので、詳細に説明することが困難であるが、*杜甫が草堂を作ってまもなく、高適が彭州刺史として、成都の西北、今の四川省彭県の地に着任してきた。杜甫はその年の秋、彭州に赴いて高適にあっている。翌年の上元二年十月より少し前、高適は成都尹（成都の長官）・剣南西川節度使として成都に着任、その冬には高適の方から杜甫の浣花草堂を訪れた。成都に到着直後は、成都で官途についていたいとこの杜済が、杜甫の一家の経済的面倒を見ていたように思われるが、いまや高適が友人杜甫の経済的な援助をするようになった。

その年、上元二年の十二月、こんどは高適にかわって、厳武が成都尹として着任してきた。したがってこんどは、厳武が高適にかわって、杜甫の家の世話をみることになった。

翌年四月、玄宗と粛宗が相ついで崩じ、代宗が即位して宝応元年と改元されたが、その七月、厳武は二帝の大葬の葬儀委員長にあてられて（正式には二帝山陵橋道使という）長安にもどったが、そのあとかわって成都尹に任ぜられたのが、またしても高適であった。

杜甫五三歳の、広徳二年、高適は刑部侍郎（法務次官ともいうべき役）として中央に召されたが、そうするとこんどは厳武がまた、剣南東川節度使として成都に着任してきた（二月）。そしてその年の六月、厳武の推薦により、杜甫は節度参謀・検校（けんこう）工部員外郎（いんがいろう）に就任、厳武の役所に勤務することになったのである。

このように、高適と厳武が、いれかわりたちかわり、まるで杜甫を見捨てるなといわんばかりの形で、杜甫の面倒を見てくれる結果になったので、成都時代の杜甫は、生まれてはじめて人生の暖かさを知り、のびのびとした自由な生活の中に、詩作に専念できるようになった。こうして杜甫の詩風は、今までのきびしい詩風から少しずつ脱却して、心のあたたまる、のびやかな、芸術的作品をいろいろと生み出すことができるようになった。

成都時代の杜甫の詩風は、たしかに芸術的に大きな飛躍をとげるのであるが、そのうらには、生活の安定と、親友のあたたかい配慮がいろいろとあったことを忘れることができない。

**成都時代の遊歴**

あしかけ六年に及ぶ成都の時代に、杜甫はずっと草堂にとどまりっぱなしではなかった。その間しばしば、草堂を留守にして、処々を遊歴し、昔の友人との交遊を楽しんだ。草堂が完成したあとの初秋には（上元元年）、成都の近くの新津（しんしん）の町を訪れ、当時、新津にいた裴廸（はいてき）と詩作を楽しんだ。

裴廸という人は、王維の親友として知られた人で、王維といっしょに王維の別荘であった輞川（もうせん）（長安の東南の地）の景二十景に、王維にあわせて絶句を唱和し、『輞川集』（王維の絶句二十首と、それに唱和した裴廸の絶句二十首とを併せて、書物にしたもの）をしたてた人としてよく知られているが、のちに蜀州刺史として都を離れ、そのまま新津の地に留まるようになったらしい。杜甫が新津に裴廸を訪れたとき、蜀州刺史であったのは王という人で、すでに裴廸は蜀州刺史の地位を離れていた。杜甫に、「裴廸が新津の寺に登りて、王侍郎に寄するに和す」と題する五言律詩があるが、それはそのときの詩作の一首である。「王侍郎」とは、当時の蜀州刺史であった侍郎の王なにがし、名は不明である。

五一歳の時、厳武が二帝山陵橋道使として都に帰るとき、杜甫は厳武を見送って七月に綿州にいったが、思いもかけず反乱がおこって成都に帰れず、やむなく梓（し）州の地にゆき、翌五二歳の一年間は、梓州を中心に諸方を遊歴、五三歳の三月、ようやく成都にもどってきた。したがってこの間、約二〇か月以上は、成都の浣花草堂を留守にしていたことになる。

この時期、杜甫は、家族まで梓州によびよせた。家族をつれ出すための連絡には、杜甫の実弟の杜占（せん）という人物がその役目をひきうけたことが、杜甫の作品からわかるが、実弟の杜占がどういう経歴の人であり、いつ杜甫の身辺にきたものかはわからない。たぶんは、草堂の生活がおちついたあとに、兄弟思いの杜甫が、不遇なくらしをしていた弟の杜占をよび寄せたものであろう。以後杜占は浣花草堂の留守番役をつとめた。

五一歳の暮には、梓州から射洪県にゆき、初唐の最後を飾る詩人、そして盛唐詩の絢爛の時期をきり開くきっかけをなした陳子昂の読書堂のあとや、故宅を尋ねては、詩を作っている。陳子昂は、梓州射洪県に生まれ、成長した人であった。

成都時代のこうした遊歴も、また杜甫の作品の幅をひろげ、新しい作詩のくふうを生み出すための大きな刺激となったのである。

**苦心の人事、工部員外郎**

五三歳の六月、杜甫は厳武の推薦により、節度参謀・検校工部員外郎という地位を得たのであるが、そのことについて少し考えてみたい。節度参謀というのは、剣南東川節度使である厳武の参謀ということである。つまりは、この人事は、成都城内の厳武の役所に参謀としてつとめたらよい、月給はやるから、という厳武の好意に出た人事なのであった。しかし工部員外郎というのは、中央の定員にある官位で、従六品上の位置である。杜甫のこれまでの最高の位置は、華州司功参軍事であったから、そのころの官位は正八品であるが、工部員外郎というのは六品官、したがってただちにランクを越えて、八品官であった者を六品官にすえることはできないので、「検校」という名称がつけられたのであった。

「検校」というのは、下位のランクにあるものが、上級の官に就任せざるをえないときにつけられる名称で、かりにその職務にあてるということを意味する。

工部員外郎というのは、中央の官で、さきにもしるしたように、定員表の中にある官であるが（定員外の官ではない）、たまたま中央のその官があいていたので、厳武の政治的手腕で、その官の定員を借りてきて、杜甫をそれにあてたものと考えられる。杜甫に俸禄をつけてやりたいと考えたあげくの、厳武の苦心の人事であった。実質は、俸給は出すから、厳武の役所につとめてくれればよい、職務は、いちおう節度使の参謀役で、というのである。

杜甫のことを、一に杜工部というのは、こうした事実があったことから出る。中国の旧社会では、その人の最高の官位をもって以後呼ぶというのが礼であったことから、杜甫のことを、後世、杜工部といいならわしている。

実は厳武は、都にもどっていたとき、なんとかして杜甫に官職を与えたいと考え、京兆功曹参軍事（正七品の官）という官に杜甫を推薦したこともあったが、このとき杜甫は、好意に感謝しつつも丁重（ていちょう）にそれをことわった。しかしこんどは、剣南東川節度使として蜀に返り咲いた厳武の幕府（役所）に勤めればよいので、友人のこの親味あふれる人事をことわるわけにもいかず、ありがたく受けることになった。

しかしながら、きまじめな杜甫にとってこの人事はいささか心苦しいものがあったし、それに実際に勤めてみると、かなり仕事も多忙、加えて同僚との人事関係で、いろいろと心をなやますことも少なくなかった。そのために、わずか半歳あまりその地位についただけで、五四歳の正月には辞表を書いて辞任し、また一介の自由人として浣花草堂にもどることになった。杜甫のこの時期の心中のもだえは、「悶を遣りて、厳公に呈す二十韻」と題する五言四十句の作品（五三歳の作）に示されている。この期間、杜甫は、厳武の幕中に起居していたらしい。

## 成都を離れる

永泰元年（七六五）の正月、工部員外郎の官を辞した杜甫は、浣花草堂にもどったが、やがてその年の五月、家族ともども草堂を離れ、同時に成都を去って揚子江の下流に向けての最後の旅にたった。五四歳のことであった。以後、五九歳の冬、没するまで、杜甫とその家族は、またもや放浪の旅を続けたのであった。

成都の時代は、杜甫一家に、たしかに最大の安らぎを与えたが、安らぎを感ずる反面、かえって、いつかは長江を下ってやがては故郷に帰りたいという気持ちがつのってくるのを避けることができなかった。有名な「絶句」と題する次の詩は、杜甫五三歳の春の作とされているが、いつかは故郷に帰りたいという望郷の思いを、やや感傷的にうたいこんでいる。

絶句二首〈其の二〉

絶句二首〈其二〉

江碧鳥逾白　　江碧にして　鳥逾々白く
山青花欲然　　山青くして　花燃えんと欲す
今春看又過　　今春も　看又過ぐ
何日是歸年　　何れの日か　是れ帰年ならん

こうして成都の景物を楽しんでいるうちに、ことしの春もまのあたりに過ぎ去ってゆく、いったい故郷に帰れるのは、いつなのだろうか。「看」は、じっとみつめているうちに、みるみるうちに、の意。

杜甫が成都を離れるのを決意したのは、外的な事由もあった。永泰元年の正月、親友の高適が都で死に、ついで、ついこの間まで仕えていた厳武も四月に没した。成都時代の杜甫の面倒をあれこれみてくれていた二人のかけがえのない友人を、ほぼ同時期に失ってしまったので、それからさき、杜甫の世話をしてくれる人もなくなったと共に、それ以上成都に滞留している理由もなくなったのであった。

杜甫は、草堂の生活にみきりをつけ、それから以後は、一そうの船に全財産をつみこんだ水上の旅人として、忠州から雲安に向けて、揚子江を下っていったのであった。

永泰元年の春、まだ草堂にあって杜甫はうたった。

天邊老人歸未得　　天辺の老人　帰ること未だ得ず

日暮　東のかた　大江を臨みて哭(こく)す　　日暮東臨大江哭

このうたい出しではじまる七言律詩は、最後を次の二句で結ぶ。

九度(くたび)　書(しょ)を附(ことづ)けて　洛陽(らくよう)に向(む)かわしむるも　　九度附書向洛陽
十年　骨肉消息無(な)し　　十年骨肉無消息

（以上「天邊行」）

しだいに衰えを示すわがからだ、そして骨肉の肉親たちに対する思慕、その気持ちは、もはや詩人を成都にひきとどめておくことが不可能であった。「蜀を去る」と題する五律においては、五年、蜀郡に客人としてくらし、一年は梓州にいたといううたい出しからはじまって、

世事(せいじ)　已(すで)に黄髪(こうはつ)　　世事已黄髪
残生(ざんせい)　白鷗(はくおう)に随(したが)わん　　殘生隨白鷗

（「去蜀」）

とうたう。世俗の生活にまみれているうちに、いまやわが髪の毛もめっきり白髪まじりになってしまった。残る余生、あの白鷗にあやかって、流れにさまよいながら、自由に過ごしたい。そううたいながら、杜甫はあしかけ六年の成都の生活に別れを告げたのであった。

## 七律の完成

成都時代の杜甫は、いくつかの面で新しい領域を開拓したが、そのひとつとして、七言律詩の芸術的完成ということがあげられる。

杜甫はこれまで、七言律詩を作らないではなかった。杜甫の詩の若い時期のものはあまり残っていないので、残されている作品例から見たとき、七言律詩はたしかに少ないが、唐代の詩人は、一般的にいって、詩人を標榜する以上、あらゆるリズムの詩をこなすのがあたりまえであったので、杜甫がその例外であったはずはない。事実、四七歳、左拾遺の官にあったときの「曲江」と題する二首の作品は、七律である。ただしかし杜甫は、五律はたしかに得意であったが、七律は若干にがてでもあったように思われる。なぜというに、七言のリズムはとかく華麗に流れすぎ、うわついた、軽いリズムになりがちであった。それは民謡調のリズムにむしろ近づくので、七言のリズムを用いて楽府(がふ)体や古詩を、民謡ふうに作る場合には、その流麗なリズムがかえって別の効果(口ずさみやすく、おぼえやすいという)を期待することができたが、ぎりぎりに煮つめたことば八句の連綴(れんてつ)で一首をまとめようとする律詩の場合には、七言のリズムに従うと、とかく遊びことばがまじりがちなために、凝縮したあじわいを示すのに不向きであった。

どちらかといえば、杜甫は、遊びことばの嫌いな、きびしい写実主義の詩人である。それゆえに、とかく遊びことばに流れがちな七言リズムによる律詩は、肌にあわなかったに違いない。しかし反面、自分が七律に不得手であることも、よく承知していた。

「江 村」

さて成都に来て、自分の草堂もでき、気分的にもゆとりが生まれたとき、杜甫は、これまで自分には不得手であった七律にいどむとともに、その七律の芸術的な完成を思いたったものらしい。草堂を作るころ、そしてそれが完成したころから、杜甫はたて続けに七律の詩をうたい、それを今日に残している。有名な「丞相の祠堂　何れの処にか尋ねん」ではじまる、三国時代の英雄諸葛亮（孔明）の廟を題材にしてうたった「蜀相」と題する七律も、そのころの作品である。

ここに一首、上元元年、草堂を作った年の七律を紹介し、鑑賞してみよう。

江　村

清江一曲　村を抱いて流る
長夏江村　事事幽なり
自ら去り自ら来る　堂上の燕

江　村

清江一曲抱村流
長夏江村事事幽
自去自來堂上燕

相親しみ相近づく　水中の鷗　　相親相近水中鷗
老妻は　紙に画きて　碁局を為り　　老妻畫紙爲碁局
稚子は　針を敲いて　釣鉤を作る　　稚子敲針作釣鉤
多病須つ所は　唯だ薬物　　多病所須唯藥物
微軀　此の外　更に何をか求めん　　微軀此外更何求

夏の詩である。夏の詩というのは、とかく作りにくいものなのであるが、うたいはじめの二句、けだるい夏、すべての物音はひっそりと静まりかえったようだというのは、いなかの夏のふぜいをみごとにとらえている。

続く二句、原文で書けば、「自去自來堂上燕、相親相近水中鷗」の対句は、対応する同じ部分にあえて同じことばをひびかせており、こうした技法を双擬対というが、ごろのすべりのよさをむしろ意識して、律動的ななめらかさを出そうとするものである。

後半の四句、これまで平和な時とてほとんどなかった杜甫の家庭の、のどかな情景を生き生きと写し、病気がちな自分には、薬物さえ十分に手にはいるならそれでよい、ささやかな存在の我が身には、それ以外に求めるものはないのだ、と詩人の心のやすらぎをうたって結んでいる。

これは芸術的にも、みごとな律詩である。七言のリズムが持つ流麗さを意識していかしながら、村の夏のふぜいをみごとに写しとり、家庭の平穏さと自分の心のおだやかさを描ききっている。ただこの一首の紹介のみで、成都時代の杜甫の七律全体を論ずることは、不十分にすぎるが、中国の七言詩は、成都時代の杜甫のこうした七律によって、芸術的にもかおり高い作品になり、芸術的な完成がなされたのであった。

**リアリズムからの超克**

杜甫はまた、成都の時代、詩の様式にもくふうするところがあったと考えられる。これまでの杜甫は、どちらかといえばリアリズムに徹した詩人で、対象をよく見つめて、むだのないことばで写生してゆくという傾向が強かった。そのために、社会の現象を題材にして、事実を直叙するという社会詩の形のものが、杜甫のもっとも得意とするところであったのであるが、役人生活を離れ、放浪詩人として自由な生活に没入した秦州への旅立ちから、リアリズム詩人としてのわくを自分でうちこわして、芸術的な構成をいろいろとくふうしてみるという傾向を示し出した。そのことについてはすでに述べたところであるが、芸術的構成へのくふうが、やがては、詩の文芸的様式のくふうにまで進むようになった。それへのこころみをはじめたのは、生活にもおちつきが生じ、気持ちの上でもゆとりが生まれた成都の時代であった。

たとえば、上元二年（七六一）、作者五十歳の作と考えられている次の詩を読んでみよう。

春夜（しゅんや）　雨（あめ）を喜ぶ　　　　春夜喜雨

好雨（こうう）　時節を知り　　　　好 雨 知 時 節

春に当たりて　乃や発生せしむ　　當春乃發生
風に随いて　潜かに夜に入り　　隨風潛入夜
物を潤すこと　細やかにして声無し　　潤物細無聲
野径　雲　倶黒く　　野徑雲俱黑
江船　火　独り明かなり　　江船火獨明
暁に　紅の湿う処を看なば　　曉看紅濕處
花は　錦官城に重からん　　花重錦官城

春雨を題材にしてうたったものであることはいうまでもないが、春雨という、とかく動きのないものは、写生詩人にとってはかなり写しにくい題材である。

情緒性の強い日本の文芸の、とくに俳句の世界では、

春雨や　蜂の巣つたふ屋根の漏り　　芭蕉
春雨や　小磯の小貝ぬるるほど　　蕪村

などの名句がいろいろとうかぶのであるが、こういう動きをあまりともなわない情緒的雰囲気は、かえって中国語ではのせにくく、詩の形にまとめにくい。杜甫はしかし、今、そのむずかしさにあえて挑戦して、そこに前人未踏のくふうを生み出した。

「好雨」は、季節の雨。「発生」、万物を生育させる意。「錦官城」、成都城の別称。成都は昔から

絹織物の染色技術にすぐれ、漢代には成都産の絹織物を宮廷使用に指定したので、製品の横流れを防いだり、税金の管轄をしたりするために、特に中央から錦官が派遣された。それ以来、成都城を一名錦官城というようになった。

季節の雨は、降るべき時節を心得て、春になったいま、万物を生育させようとしている。春雨は、風にともなってひっそりと夜にまで降り続き、万物をこまやかにうるおして、もの音もたてない。この部分、春雨の静かな、そしてしっとりとしたようすを、情緒的にこまやかに写し出している。夜の小道、そして雲、みなまっくら、川船の漁火だけが、ぽつんと明るい。詩人はこの部分から、やや幻想的な世界にはいりこむ。さて一夜あけて、まっかな色がにじむところを見つめるならば、それは一夜のうちにいっせいに錦官城に咲きほこった花、それが目にしみるにちがいないのだ。最後の二句は、幻想の世界からさらに展開させて、空想の世界のにじんだイメージを楽しんでいる。

この作品は、リアリズム詩人であった杜甫の、芸術様式への脱皮をたしかに示したものである。杜甫の時代、詩の芸術様式などという近代感覚の意識が、自覚的にまだあろうはずもなかったのであるが、春雨にふさわしく、情緒的・幻想的・印象的な世界をうち出そうとつとめた結果、一九世紀のフランスのモネー以降の絵画運動に見られるような、印象主義的趣向を、結果的にうち出したのであった。

中国で、意図的にリアリズムを超克して、印象派ふうの詩を作り出したのは、晩唐の詩人杜牧(とぼく)(八〇三―八五二)からであるが、杜牧がそうした詩風を開拓するためには、杜甫のこの作品が少なからず刺激を与え、ヒントになったのではないかということを、以前私は論じたことがある。** しかし、いまは杜牧の詩風についてふれている紙幅がない。リアリズム詩人であった杜甫の、リアリズムの世界からの超克は、以後の詩人たちに、詩の芸術様式の一パターンとして、大きな影響を与えたのであった。

* 高適の経歴については、阮廷瑜「高適年譜」(『高常侍詩校注』所収)に主としてよる。厳武については、四川省文史研究館の編になる『杜甫年譜』を参照にした。

** 杜牧の詩風と、杜甫の「春夜喜雨」との関連については、拙稿「杜牧の詩風」(講談社、学術文庫『唐代詩人論』㈣に所収)において論じた。

## 晩年の旅――江上の放浪――

**杜甫芸術完成への旅**　五四歳の五月、家族をともなって草堂を離れ、以後水上で死去するにいたるまで六年ほど、杜甫は人生最後の放浪の旅に出たのであるが、なぜそうした行動をとったかについては、安・史の乱がおさまった時の五二歳の詩、「官軍河南・河北を収むるを聞く」と題する七律のおわりに、次のように説明されていることから想像できる。

即ちに巴峡より巫峡を穿ち　　即従巴峡穿巫峡
便ち襄陽に下りて　洛陽に向かわん　　便下襄陽向洛陽

その詩の杜甫自身の注に、「余が田園東京に在り」という。「東京」とは、洛陽、杜甫はそこに、ささやかな土地を持っていた。成都から洛陽に向かうには、万里橋から乗船して揚子江を下り、三峡を経て水路を襄陽までとり、そのあと陸路をまっすぐ北にたどるほかはない。そのコースを利用して、杜甫は洛陽にもどろうとしたのであった。

しかしながら杜甫は、ついに洛陽にもどることなく、洞庭湖のほとりの潭州と岳州との中間あたりの水上で、五九歳のいのちを終えてしまった。なぜそうした事態になってしまったのであろうか。それはもっぱら、その日ぐらしの生活に追われていたので、まとまった路銀が入手できなかったからであった。それにまた、健康の問題もあった。そもそも杜甫は、若い時から喘息持ちであったが、水上に旅立つとともにその喘息の症状がまたはげしくなり、毎年秋には寝こんでしまったし、加えて、中気のような症状も出た上、さらに消渇（しょうかち）（糖尿病）にもかかり、片手がしびれ、左の耳もつんぼになった。そのために、しばしば陸にあがって、静養につとめなければならなかった。一日も早く、洛陽にたどりつきたい思いはつのるのであるが、健康をとりもどさなければどうにもならない。それにまた、安・史の乱は収まったのであるが、その後遺症ともいうべき叛乱や異族の侵略が、南方の各地にひっきりなしに起こり、道中の安全もはかりかね、ついつい一か所に滞留せざるを得なくなるという状況もあった。

比較的健康がゆるすときは、山にはいって薬草を採集し、それを売ってわずかのかてを得たのであるが（病身の杜甫は、若いころから薬草の知識が深かった）、その日ぐらしのきびしさからはいあがることはできなかった。時にはその地方の有力者が、経済的な援助をする場合もあったが、恒常的なものではなかった。杜甫は、病身と貧苦にあえぎながらも、しかしみずからに課した詩作をやめようとはせず、苦しい状況がつのればつのるほど、いちだんとほりの深い、人間存在そのものの孤独さを訴える、みごとな杜甫芸術を完成させていった。最後の放浪の旅において作者は、自分の過去をふりかえって長篇の〝人生の思い出〟の詩を作るとともに、人間存在の問題とその抒情という、もっとも本質的な課題に、まっ正直に、ひたむきに、とりくんでいった。

晩年の杜甫の放浪は、大まかにいって、雲安の時代（五四―五五歳）、夔州の時代（五五―五七歳）、洞庭湖付近の放浪時代（五七―五九歳）の三期に分けて考えることができる。以下順を追って、その各時期の特色を考えることにする。

## 雲安の時代

成都の草堂を離れて揚子江の水路を下った杜甫の一行は、戎州（四川省宜賓県）・渝州（四川省重慶市）を経て、秋の初め忠州（四川省忠県）に入り、九月、雲安（四川省雲陽県）に到着、病気のためにそこでしばらく療養をすることになった。喘息の発作がひどくなるとともに、風痺（中気の一種）のために手足がしびれ、それ以上水路の旅を続けることが困難になったからである。さいわい雲安の県令であった厳という人物（名は不明）が、杜甫のために江沿いの小閣を提供してくれた。杜甫一家は、翌年の暮春まで約半年の間、その小閣ですごすことになった。

忠州では、厳武の柩が揚子江を下って故郷の華陰県（長安の近くの地）に帰葬されるのを、悲しい思いで見送った。「厳僕射の帰櫬を哭す」と題する五言律詩は、その時のもの。厳武は没後、尚書左僕射を追贈された。「帰櫬」、故郷に帰ってゆく柩。杜甫はその詩の結びにうたった。

一 哀 三 峡 暮

一哀　三峡暮る

後に遺されて　君が情を見る　　遺後見君情

せいいっぱいの悲しみをたむけるうちに、しだいに三峡は暮れていった。あとに残されたわが身、しみじみと厳君のありし日の友情が思い出される。「一哀三峡暮る」とは、簡潔な表現であるが、むだのないみごとな表現である。

## 「旅夜書懐」の詩

雲安にたどりつくまでの江上の作である「旅夜懐を書す」と題される五言律詩は、人生の孤独さと旅というテーマに即してうたった雲安時期の杜甫の傑作である。次のようにうたう。

旅夜　懐を書す　　旅夜書懐

細草　微風の岸　　細草微風岸
危檣　独夜の舟　　危檣獨夜舟
星垂れて　平野闊く　　星垂平野闊
月湧いて　大江流る　　月湧大江流
名は豈に　文章もて著われんや　　名豈文章著
官は応に　老病にて休むべし　　官應老病休
飄飄　何の似る所ぞ　　飄飄何所似

天地の　一沙鷗　　天地一沙鷗

こまやかな草が、そよ風にそよぐ岸辺、高く不安定にそびえる帆柱、ひとり目ざめている夜半の舟。「危檣」は、高く、不安定なさまにそびえる帆柱をいう。「独夜舟」、家族はすでに眠りにつき、自分だけがひとりめざめている夜半の舟をいう。

第三・四句のあざやかな対句、星はその光芒を平野にたれて、その平野はかぎりなく広がり、月は大江から湧き出たごとく金波をゆらめかせて、その大江は無限のかなたに流れてゆくという情景であるが、このたった十音のことばの連綴の中に、広大な自然のひろがりをみごとに写しきっている。「平野」「大江」ということばは、星が垂れる場所、月が湧き出る場所として、補語として用いるとともに、次にはそれを「闊く」「流る」の主語として転換させている。有限の文字数の定型詩において、ひとつのことばを両用のはたらきにおいて極度に圧縮させるという表現のくふう、そのくふうは以後の杜甫の詩に時おり示される技巧であるが、まずこの詩において、こころみられた。

この対句は、すでに述べたごとく、李白の若い時期の句、

山は平野に随いて尽き　　山随平野盡
江は大荒に入りて流る　　江入大荒流

を下敷きにしているかも知れないが、句の擬縮度や対句の緻密さにおいて、杜甫のこの対句の方が

はるかにすぐれている。杜甫はこのとき、スケールの大きい詩人であった李白まで吸収してしまったということができよう。

第五・六句も、また対句であるが、自己の身の上に思いをいたす。自分の名声は、文学などによって示さるべきものではない。官僚貴族のはしくれとして生まれ、儒者であろうことを志し続けた自分には、政治の世界で活躍することこそもっとも望ましい方向なのであるが、しかしもう年老いて病気がちな身、官途につくことは、おそらくもうやめにせねばなるまい。「文章」、今日のことばでいうならば文学にあたる、「応」、「まさに……すべし」と日本では読みならわしているが、推量をあらわすことばである。

さて詩人は、最後を結んでいう。ふわふわと、あてどなくさまようこの身、いったい何に似るかといえば、はてしない天地の無限空間を永遠にさまよい続ける一羽のかもめどりだ。「沙鷗」、砂浜のかもめ。小さなとるにたりない存在であることを示すとともに、思いのままにさまよい続ける自由の象徴としても用いられる。

広大にして無限の大自然、宇宙空間、その中にただよう一羽の沙鷗、それがほかならぬわが人生だとうたったこの孤独感は、いわば孤独の極限の叫びというのにひとしい。杜甫はこの詩あたりから、死にいたるまで、たくさんの孤独の叫びの詩をうたい続ける。さながら孤独の人生をうたい続け、その詩を完成させるのがおのれの宿命的な課題であると考えたかのように思われるが、凄絶な詩人杜甫の世界を新たにきりひらく第一歩が、この詩であるといえる。

## 夔州の時代

夔州というまちは、三峡のひとつである瞿塘峡に近く、唐王朝の都督府もあり、有名な白帝城が近くにそびえていた。大暦元年（七六六）、五五歳の暮春、杜甫一家は雲安から夔州に移ったが、以後五七歳の正月まで、約一年十か月、この夔州に留まった。滞留が長くなったのは、病気と内乱のためである。

この夔州に滞在中、杜甫は長短あわせて約四百三十首ぐらいの詩を作った。杜甫晩年の燃焼期であったといえる。この間しかし、詩人の健康はいっそうむしばまれた。喘息、中気、理由のさだかでない熱病のほかに、雲安の生活で糖尿病も加わり、五六歳の秋には左の耳がつんぼになった。健康が衰えをみせはじめるとともに、杜甫はいっそう、自己の詩学の完成にいそしみ、全精力をふりしぼって、たとえば七言律詩を連作するという前人未踏のしごとも残した。「秋興」八首と題される作品がそれで、大暦元年、五五歳の秋の作。このとき詩人は、病床に臥しながらありったけの気力をふりしぼった。七言律詩の連作というのは、中国の文学史上、杜甫の「秋興」八首をもって最初とする。なお詩人はこのころ、自分のいのちももはや永くはないことをさとったのか、次男の宗武の誕生日を祝うときの詩では、「詩は是れ吾が家の事」とか、「文選の理に熟精せよ」とか教えている（「宗武生日」）。詩にかけた自分の魂を、せめて子には伝えたいといったような執念をすら感じさせる。

また自分の過去をふりかえって、少年時代から蜀に客寓するにいたるまで自伝的長篇である「壮遊」（五言百十二句）をものしたし、李白や高適とのつきあいのことをうたった「昔遊」（五言三十六句）、「遺懐」（五言四十二句）などの作品も残した。いずれも大暦元年の作と考えられている。夔州時代の杜甫は、詩人としての、また人間としての全エネルギーを、詩作にぶつけたとでもいうふうな、ある種の気魄を、読む者に感ぜしめる。

夔州についてすぐは、山の中に寓居した。そのことは、「客堂」「引水」「獠奴阿段に示す」などにうたわれているが、にわか造りの山小屋で、竹筒で水を引く生活であった。少数民族獠族出身の阿段という従僕が、貧しい主人杜甫のために、懸命に農作にいそしんでくれた。その年の秋には、夔州城外の「西閣」に居を移した。「西閣」をうたった作品は五首あるが、山中の生活よりはずっとめぐまれていたようである。

この年の十月、柏茂琳という人物が夔州都督として着任するのであるが、この柏茂琳はよく杜甫の面倒を見てくれたらしい。大暦元年秋の作である「峡口」二首の〈其二〉において、最後に「諸侯数金を賜う」とうたい、その自注に「主人柏中丞、頻に月俸を分かつ」としるしている。大暦二年の春には、「西閣」よりすまいを赤甲山の麓に移し、三月には瀼西の草堂に移るのであるが、これもまた柏茂琳が杜甫のために、瀼西の柑橘畑を与えてくれたからである。そしてその秋には、さらに柏茂琳の好意によって、東屯というところに公田を借り、さきに述べた従僕阿段らの尽力を得て、農耕生活にはいることもできた。果物や野菜、そしてたぶんは薬草も栽培できたし、気安く入手することができた。詩人の健康さえ回復すれば、しばしの平安を得ることができたのであるが、いかんともしがたいのは、詩人の健康状態である。

大暦元年の詩に、

衰年　肺を病みて唯だ高枕
絶塞　時を愁いて早に門を閉ざす
久しくは豺虎の乱に留まる可からず
南方　実に未だ招かれざる魂有り

衰年病肺唯高枕
絶塞愁時早閉門
不可久留豺虎亂
南方實有未招魂

（「返　照」）

とうたう。とかく病床に臥しがちな生活、そしてこの地も平穏とはいいがたい。「豺虎の乱」、やまいぬやとらの紛乱というのは、この土地に起こった農民一揆の類をいうのであるが（農民一揆を「豺虎の乱」といっているところに、杜甫の貴族としての限界があるのだとする説が、革命後の中国ではなされている）、故郷に帰りたくもからだがいうことをきかないので帰れないというのが現実なのであった。

夔州時代の杜甫の最大傑作としては「秋興」八首があるが、それについては「杜甫の文学思想」の項でとりあげることにしたいので、夔州時代の代表作としていまは、「登高」一首を紹介する。

## 「登高」の詩

「登高」とは、九月九日、重陽の節句にちなむことばで、重陽の節句の異名でもある。九月九日の節句を祝う習慣は、漢代すでにあり、『西京雑記』巻三に、重陽の日には「茱萸」（カワハジカミ）を身につけ、菊花の酒を飲むとしるしている。家族をたずさえて、見晴らしのよい処にハイキングに行くというのも、一般的習慣としてあった。重陽を祝うための登高の場所は、地域ごとに習慣的にきめられていたようである。

杜甫は、大暦二年、五六歳の九月九日を記念して、「登高」の詩を作った。次の七言律詩がそれである。

登高

風急天高猿嘯哀
渚清沙白鳥飛廻
無邊落木蕭蕭下
不盡長江滾滾來
萬里悲秋常作客

登高

風急に　天高く　猿嘯哀し
渚清く　沙白く　鳥飛廻る
無辺の落木　蕭蕭　として下り
不尽の長江　滾滾として来たる
万里悲秋　常に客と作り

百年多病　独り台に登る
艱難　苦だ恨む　繁霜の鬢
潦倒　新たに停む　濁酒の杯

百年多病獨登臺
艱難苦恨繁霜鬢
潦倒新停濁酒杯

この詩は、驚くべきことに、二句ずつすべての句が、みごとな対句になっている。律詩において対句をくふうするのは当然であるとはいっても、このようにすべてが対句でまとめあげられているのは珍しい。しかもその対句が、それぞれに趣向をこらしている。生来杜甫は、対句技巧を得意とした詩人であったが、この作品においては、その得意とする対句技巧を最大限に発揮するとともに、さらにまた、技巧を離れて、あざやかな人生孤独の境地の詩をうたいあげたのであった。

まず第一・二句、「猿嘯」と「鳥飛」の対応はすぐに気づくであろうが、「風」に対して「渚」、「天」に対して「沙」、「急」と「清」、「高」と「白」の対比は、それぞれいわば異類対ともいうべきもので、常識的連想から生じた対応観念、つまり、同類対による平板さを、鋭いひらめきをもってつき破っている。

第三・四句、「無辺」に対して「不尽」、「落木」に対して「長江」、「蕭蕭」に対して「滾滾」、「下」に対して「来」は、第一・二句の場合とは逆に、むしろ同類対の妙味を存分に発揮する。「落木」は、落ち葉する木で、落葉そのものではない。句の意味は、さいげんなく落葉する樹木、その樹木からは、限りなくものさびしく葉が降り続き、つきぬエネルギーを秘めた長江、その長江の水は、さながらお湯がふっとうするように、限りなくたくましく流れてくる、という情景である。

「落木」「長江」の語が、「無辺」「不尽」の属性であるとともに、次には主語に転換するという、いわば二重のはたらきを示しつつ圧縮されてむだなく配置されていることは、さきに雲安時代の詩で掲げた「旅夜書懐」に示された技巧と共通する。

「蕭蕭」と「滾滾」は、ともに畳語（じょうご）による擬態語の対比であるが、またエネルギーの対比でもある。一方は、消えてゆこうとするエネルギー、そして他方は、いよいよ充満するエネルギー。「滾滾」というのは、お湯がわきたつときの状態などを示す形容語である。それについては、この詩を評訳された吉川幸次郎博士の卓説がある（『新唐詩選』岩波新書参照）。

続いて第五・六句、「万里」に対して「百年」、それは数対（すうつい）と称される数字を利用した対（つい）であるが「悲秋」に対する「多病」は、同類対のように見えても少しく離れる。「百年」という場合、杜甫はいのちが続く限りの意でこのことばを愛用する。たとえば

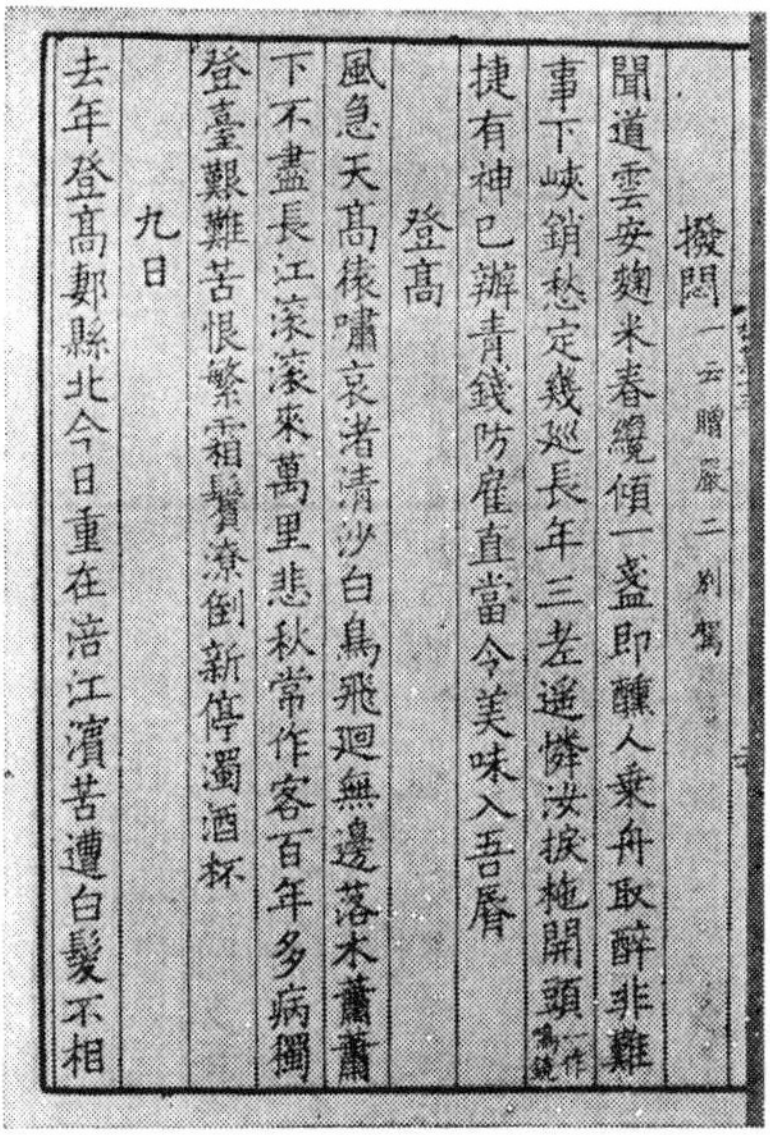
撥悶 一云贈嚴二別駕
聞道雲安麴米春纔傾一盞即醺人乘舟取醉非難
事下峡銷愁定幾巡長年三老遥憐汝捩柂開頭一作頭
捷有神已辦青錢防雇直當令美味入吾脣
登高
風急天高猿嘯哀渚清沙白鳥飛廻無邊落木蕭蕭
下不盡長江滾滾來萬里悲秋常作客百年多病獨
登臺艱難苦恨繁霜鬢潦倒新停濁酒杯
九日
去年登高郪縣北今日重在涪江濱苦遭白髮不相

登高

前年の作である「秋興」八首の〈其四〉においても、

　百年の世事　悲しみに勝えず　　百年世事不勝悲

という。わが人生、いのちが続くかぎり、世のできごとは悲しみの連続だという意味の句である。

この両句、見渡すかぎり悲しみの秋、そして秋といえば自分は常に旅人だ。わがいのちが続く限り、病気がち、そしてことしは孤独に高台に登って重陽をかみしめている、という意味を含ませている。人生の最後の放浪の旅に出た杜甫は、秋ともなると喘息の発作におそわれるせいか、悲しみの秋という感情をうたうものが多い。やはり前年の作である「夜」と題する七律の中では、

　南菊再び逢いて　人は病に臥す　　南菊再逢人臥病

と詠じた。南方の菊に二度目出あうのだが、またしてもことしも病床に臥しがちだという句である。万里の悲秋、秋ともなると常に旅の身空、そして病気がちというこの対句も、「夜」で詠じた情緒と通うものがある。

第七・八句、「艱難」という畳韻による擬態語と、「潦倒」というやはり畳韻による擬態語とが対をなす。苦しいことが続くなかで、びんの毛もすっかりまっ白になったのがひどくうらめしい。気力も衰えたこのごろ、好きな濁酒（どぶろく酒）も、つい最近とめられてしまった。「潦倒」とは、よろめくさまを示そうとする擬態語である。

このようにこの作品は、すべてが対句で満たされ、そして秋と、人生の悲哀との問題をみごとに詠

じきっている。明代の詩論家、そして批評家に胡応麟（一五五一―一六〇二）という人がいるが、その著『詩藪』の中でこの詩を批評して、次のようにいっている。

通章の章法・句法・字法、前に昔人無く、後に来学無し。（云云）。然れどもこの詩、自ら当に古今七言律の第一たるべし。必ずしも唐詩七言律の第一たらざるなり。（『詩藪』内編巻五）

胡応麟は、口の悪い批評家として有名で、杜甫の他の作品についてはしばしばきびしい評価をするのであるが、この作品に関する限り手放しの絶賛を惜しまなかった。たしかに「登高」の詩は、杜甫が得意とする律詩の技法が存分に生かされてみごとに完成されているとともに、中国古典語の言語造型の、最高の技巧と緻密さとが発揮された作品であるといって過言でない。まことに味わえば味わうほど、すきのない、完成された作品であるということができる。「人間存在と文学」というテーマにおいてながめてみても、最高のできばえであるといえる。

### 洞庭湖付近の放浪

大暦三年（七六八）の正月中旬、五七歳の杜甫は、夔州を去って江陵（荊州）に向かった。江陵の地には、行軍司馬という官についていた従弟の杜位がいたので、その杜位の家に身を寄せる形で、しばらく江陵に滞在した。江陵についたのは三月であった。江陵では、杜位のほかにも世話をする高官が何人かいたが、生活はかなり不如意であったようである。江陵にはいったのは杜甫ひとりで、家族はしばらく近くの当陽に置いていたのであるが、子どもたちからは食べもののさいそくがくるし（「水宿遣興、奉呈羣公」の詩）、食物を求めて歩いても、かならずしも暖くは扱われなかった。「秋日荆南述懐、三十韻」と題する五言六十句の作品の中では、

揺かすに苦しむ　求食の尾　　苦揺求食尾

といったことばも見られる。結局、秋の末、江陵を離れて公安県に移り、その年の暮には、岳州に赴いた。

江陵を出発するにあたり、世話になった鄭審という人（江陵少尹であった）に贈った詩には、

更に　何処に投ぜむと欲するや　　更欲投何處
飄然として　此の都を去る　　飄然去此都
形骸は　元　土木　　形骸元土木
舟楫　復た江湖　　舟楫復江湖

と、あてどない旅に身をゆだねる自己を自嘲的にうたっている（「舟出江陵、寄鄭少尹」）。自分の肉体は、もう土くれや流木と同じなのだ。そしていままた、舟をこいで、さすらいの旅に出ようとしているという意。「江湖」は、江湖にさすらうという意から、さらに転じて、放浪の旅をも意味する。この詩の中では、「百年棄物と同じ」ということばも見られる。わが人生、生きている限り、天下の棄物なのだという歎きのことばである。

岳州にたどりついた杜甫は、はじめて岳陽楼に登り、有名な「岳陽楼に登る」の五言律詩を作った。大暦三年冬の作と考えられている。

岳陽楼に登る
昔聞く　洞庭の水
今上る　岳陽楼
呉・楚　東南に坼け
乾・坤　日夜浮かぶ
親朋　一字無く
老病　孤舟有るのみ
戎馬　関山の北
軒に憑りて　涕泗流る

登岳陽樓
昔聞洞庭水
今上岳陽樓
呉楚東南坼
乾坤日夜浮
親朋無一字
老病有孤舟
戎馬關山北
憑軒涕泗流

岳陽楼から見渡せば、はるかな大地の広がりを、東南の方向に呉の国と楚の国と、この洞庭湖がさいている。そしてそこには、昼と夜、太陽（乾）と月（坤）とが浮かぶのだ、と第三・四句でうたったのであるが、このとき杜甫は、はじめて見る洞庭湖のひろがりに、息をのむ思いだったに違いない。生活につかれながらも、まだ水々しい驚きの心を詩人は抱き続けていた。

じっと広大なひろがりを見続けるとき、やはり襲ってくるのは身のわびしさ、肉親や朋友からの便りもないし、有るのは老いて病気がちな身を運ぶ孤舟のみ。国境の関所のかなたの北方は、相もかわらず戦乱が続いているという、てすり（軒）に身を寄せながら、覚えずなみだが流れてしまった。いつになったらいったい、平和な故郷に帰れるのだろうかという思いも、去来したにちがいない。

**水上での詩人の最期**

「岳陽楼に登る」の詩を作った翌年、杜甫は家族ともども潭州（今の湖南省長沙市）から衡州（今の湖南省衡陽県）へと水路をとった。それは洞庭湖の南の地。洞庭湖にそそぐ湘水をさかのぼったのである。洛陽に帰るのならば、揚子江をさらにくだって漢水をさかのぼり、襄陽に向かわねばならないのに、方角はまるっきり逆である。なぜそうしたコースを杜甫はとったのであろうか。

実は杜甫は、かねての知りあいであった衡州の刺史韋之晋という人物を尋ねようとしたのであったが、しかし韋之晋はこのとき任地がえがあって、ついにあえなかった。しかもこの韋之晋は、そのあとすぐに死没してしまった。そこでまた潭州にもどったが、そこの地に内乱さわぎがおこり、五九歳の四月、兵乱を避けてふたたび衡州に行き、さらに南方の郴州（湖南省郴県）に赴こうとした。そこには、杜甫の母方の親戚にあたる崔偉という人物が、刺史（州の長官）の代理をしていたので、その人物を尋ねようとしたものらしい。

なぜこのように、帰郷の志をたえず抱きながら、違った方角に舟を進めたのかといえば、たぶんは先にも述べたように、縁者をたよってまとまった路銀を融通してもらおうとしたのであろう。詩にはそうしたことをあからさまには語らないが、杜甫の晩年は、まさしくその日暮らしで、長途の旅のたくわえなどできる身ではなかった。大暦四年、五八歳の春の詩にうたう。

此の身飄泊　西東に苦しむ　　此身飄泊苦西東
右臂は偏枯し　半耳は聾す　　右臂偏枯半耳聾
寂寂　舟を繫ぎて　雙　涙を下せ　　寂寂繫舟雙下涙
悠悠　枕に伏し　左　は空に書す　　悠悠伏枕左書空

（「清明」二首〈其二〉）

「偏枯」、片方がきかなくなること。「空に書す」、故事のあることばであるが、わずかにきく左手で、空中にうらみの文字をしるすこと。なぜそんなにも苦しむのかといえば、家族をともかくも食わしてゆかねばならない、しかしたよりになる古い知人にはあえない。悪循環のくりかえしである。やはりそのころの春の詩にうたった。

駆馳す　四海の内を　　驅馳四海内
童稚に日〻口に餬せしむ　　童稚日餬口
但だ遇うは新しき少年　　但遇新少年

旧の親友に逢うこと少なり　　少逢舊親友
（「上水遣懐」）

時には舟からおりて、ひとり山にはいるときもあった。やはり大暦四年、潭州から衡州への道での作にいう、

舟を繋ぐ　盤藤の輪に　　繫舟盤藤輪
策を杖く　古樵路　　杖策古樵路
（「宿花石戍」）

なぜ山にはいるのかといえば、どうも生活の資を得るための薬草採集であったらしい。大暦四年の暮秋の詩の中で、

薬物楚老　漁商の市　　藥物楚老漁商市

ということをうたっている。杜甫は、楚老にまねて薬物をたずさえ、魚屋や商人がたむろしている市場にゆくというのである。かつて四〇歳のとし、「三大礼の賦」を奉ったときの表文のなかに、「このごろは薬を都市に売り、朋友に寄食しております」とあったが、杜甫には薬を売る才覚があった。

さて五九歳の夏、郴州にゆこうとした杜甫は、途中耒陽で大水に出あい、その先に行くことができず、五日間ほど、水に翻弄された。耒陽の県知事は、杜甫が洪水で苦しんだと聞き、酒肉に手紙

をつけて、川辺の杜甫一家を見舞った。それに対して杜甫は五言二六句から成る長篇の詩を作って謝辞にかえ、その詩は杜甫の詩集に残っているのであるが、このとき杜甫は、飢えた身にその酒肉を食し、のどに肉をつまらせて死んだといううわさがたった。『旧唐書』や『新唐書』の杜甫伝は、ともにそれが杜甫の最期であったとしている。

しかしそれは事実ではない。杜甫は耒陽の県令に謝辞にかえて詩を贈ったあと、水路をもとにもどして秋には潭州にゆき、その冬、潭州と岳州との間の江上において、船中でついに五九歳のいのちをとざしたのであった。そのとき長男の宗文はようやく数え年で二一歳、次男の宗武は十八歳、ともに船中で、父親の最期をみとった。二人ともまだ、当然のこと、定職がなかった。「風疾にて、舟中枕に伏して懐を書す、三十六韻、湖南の親友に呈し奉る」と題する五言七二句の作品が現存しているが、この詩が杜甫の絶筆となったものであろうといわれている。いのちが燃えつきようとするときの、なお詩に寄せるすさまじい執念、それはもはや凡俗の常識をはるかに越える。

# III 杜甫の文学思想

# 古典主義詩人の自覚

**儒者であろうとし続けた詩人**　一般的にいって、創作に精いっぱいうちこんでいる芸術家には、作品以外に格別の創作論といったようなものはとぼしいものであるが、杜甫がまさしくそうであった。杜甫には、詩以外の発言として、文学論や詩論を特に述べたものはない。杜甫は、詩論も、文学論も、すべてみずからの詩において示したし、また詠嘆の中で語りもした。そうしたことばは、すべてが断片的なものであって、体系だった論というものは残していない。したがって杜甫の文学思想をうかがうためには、まず作品の発言をとおして、さらにはまた、作詩の姿勢そのものについて考えるのでなければならない。

若いころから杜甫は、『文選（もんぜん）』をよく勉強し、よくそれを消化し、血肉にしていた。『文選』というのは、いうまでもなく六朝（りくちょう）時代末期の梁（りょう）の昭明太子（蕭統（しょうとう））（五〇一―五三一）が、配下の学者たちと編集したもので、過去の中国の文学の精華を、詩・文の両面にわたって集めたものである。そこには中国の伝統文学の精神が流れていると人々に評価され、唐代においては、官吏採用試験のさいの詩文の第一の参考書であった。杜甫は、官吏になろうと志したので、当然『文選』をよく勉強したのであるが、やがてその『文選』の世界に急傾斜に溺れていった。そのために結局、政治家として手腕を発揮する杜甫は生まれず、文学のとりこになった杜甫が誕生したのである。

しかし杜甫の意識のささえになっていたのは、たえず、自分は「儒者」であるという自覚であった。「儒者」というのは、孔・孟の教えに立つ者ということであるには違いないが、中国の王道の実現に参加するまっとうな知識人ということである。それはまた、いいかえるならば、中国文明・文化の伝統のよさをよく心得ているとともに、これを、健康に拡大生産してゆく知識人・為政者、それが「儒者」であるということになる。「儒者」ということばは、杜甫の時代において、格別な意味を持っていた。

杜　甫

杜甫の詩において、自己を「儒」になぞらえていうものは、かなり多い。たとえば、若いころ、仕官に腐心していた杜甫は、みずからのことを、

儒冠　多く身を誤る（「奉贈韋左丞丈二十二韻」）〈三七歳の作〉

とか、

儒有り　餓死を愁う（「奉贈鮮于京兆二

十韻」）〈四一歳の作〉

とかいっていたが、官僚人として失敗したあとは、みずからを「腐儒」、くさって役にたたない儒者という場合が多くなった。たとえばいう。

百年　麤糲　腐儒は食う（「有客」）〈成都時代の作。時に作者四九歳。〉

「腐儒」である自分は、いのちが続くかぎり、粗食をし続けるのだというなげきの句である。またなくなる前年、五八歳の作では、

江漢　思帰の客
乾坤の　一腐儒　（「江漢」）

という。長江・漢水の間を、故郷に帰りたいと思い続けている旅人、それは、この宇宙において、何にも役に立たないくさった儒者のおのれなのだというさけびである。「腐儒」とみずからいってみても、その底には杜甫の儒者意識が消えることなくある。杜甫は生涯、「儒」ということにこだわった。

### 『詩経』の精神

「儒」ということばは、現代の日本にはなじまない、過去のことばであると同時に、現代の人民中国においても、なじみがたいことばである。しかしこのことばは、王朝を前提とするかつての中国社会においては、尊敬さるべき権威を持つことばであった。「儒」であるためには、当然教養として心得ておくべき経書『五経』があった。そのうち文学面の

経書とされてきたものは、『詩経』である。

『詩経』においては、「儒学」の立場における詩の意義、および詩人の使命を、漢代の『詩経』解釈書「毛伝」をとおして、次のように説いている。

詩なる者は、志の之く所なり。心に在るを志と為し、言に発するを詩と為す。上もって下を風化し、下もって上を風刺し、文を主として譎諫す。之を言う者罪無く、之を聞く者はもって戒むるに足る。故に風と曰う。（以上『毛詩』の序）

漢代は、はじめて儒学を統治のイデオロギーに採用した時代で、それにともなって政治の場に適応するように経書に新たな解釈が加えられた。「毛伝」というのは『詩経』のそうした解釈のうちもっとも権威ありと公認されたもので、以後『詩経』を学ぶさいの必須の本になったものである。その序文（『毛詩』序という）において、詩というものは、詩人の志を発動させたものであり、ことばをとおして治政のありかたに対して、直言をするのではなく、たとえを用いながら為政者をいさめること（譎諫）が、詩人の使命である、と説いた。その場合、言う者には罪がなく、聞く者はそれから戒めを得る。そのようにして作られた詩歌が、『詩経』の「風」で代表される作品なのだとした。

この考え方は、以後、政治社会における詩のありかたや、また詩人の姿勢のあるべき方向として、政治社会に参加を志す知識人たちにずっと継承されてゆくのであるが、杜甫もきまじめに、その論の正当さを認め、それを生涯信奉し続けたのであった。

**社会詩人としての視座**

『文選』は、これまたその序文に、『毛詩』の序を引くことから明らかであるように、『詩経』の伝統精神を継承しようと意図したものである。儒者であることを志し、若いころから『文選』をよく学習し続けた杜甫は、かくしていきおい、政治・社会のあり方に対して回避することなくものをいうこと、つまりは社会詩人の方向こそが、もっともまともな詩人のありかただと考えるにいたった。こうして数多くのすぐれた社会詩をうたい続けてきたのであるが、「之を言う者罪無し」であったはずのものが、その作品によって舌禍をこうむることになったのは、まじめですなおな杜甫にとって、まったく思いがけないことであった。

官をやめ、自由な詩人として放浪の旅に出るとともに、もはや進んでは社会詩を作ろうとはしなかったということを述べたが、しかしそうした面への関心がまったくなくなったわけではない。たとえば杜甫五十歳、成都に滞在中、にわかに台風に襲われて草堂の屋根のかやはふきとばされ、ちらばったかやの一部分は、いたずらな悪童たちに持っていかれてしまうというできごとに出あった。杜甫はそのときの模様を「茅屋　秋風の為に破らるるの歌」と題する七言を主にした古詩にしたてるのであるが、悪童たちを追いかけて力つきた作者は、杖にもたれて吐息をつく。家にもどってみると、あらしはやんだというのに、へや中はびしょびしょ、雨滴はなおめちゃくちゃにへやにそそぐとうたったあと、壮大な政治への夢を描く。

安禄山の乱が起こってからというもの、自分には安眠の時期とてなかったが、秋の夜長、こんなにぬれっぱなしで、どうやって夜をあかそうかと続けたあと、にわかに想を転じて、次の五句をつらねてこの作品を結んでいる。

安くんぞ　広廈千万間　　安得廣廈千萬間
大いに天下の寒士を庇いて　倶に歓顔し　　大庇天下寒士倶歡顔
風雨にも動かず　安きこと山の如くなるを得ん　　風雨不動安如山
嗚呼　何れの時か　眼前に突兀として此の屋を見ん　　嗚呼何時眼前突兀見此屋
吾が廬　独り破れて凍死を受くとも　亦　足れり　　吾廬獨破受凍死亦足

（「茅屋爲秋風所破歌」）

わがいおりの損壊をきっかけにして、杜甫は、「千万間」（間は柱の数ではかられる）の広さをもつ「広廈」（広大な家）を建てて、そこに自分と同様の「天下の寒士」を収容し、風雨などにおののかない政治社会は持てないものだろうか。もしそういう「広廈」ができたならば、自分のいおりだけはこわれ、その結果凍死するようになっても、自分は満足だといいきってこの詩を結んだ。それはまことに文学者的な夢想で、とりたてて政治論などといえるしろものではないが、しかし杜甫のこの詩の場合、そうした夢に及ぶのでなければこの作品が終結しないのであった。

この詩において杜甫は、自分と同様の階層に属する士人を対象にものをいっているのであって、天下の「寒民」あるいは「寒人」を対象にものをいっているのではない、そこに貴族階層出身の杜甫の限界があるということは、たとえば郭沫若の『李白と杜甫』にも論じられているところであるが、それはたしかにそうであろう。そしてこの詩には、全体にユーモラスな遊びの精神も流れる。しかし杜甫は、たとえ遊びとしての詩ではあっても、人生や、政治、社会の問題に思いをはせるのでなければ、その詩が完結しないのであった。

この詩の例のように、かつて鋭く見開いた社会詩人の眼は、放浪の旅にあっても時おり、ひらめくことがあった。雲安へ行き、夔州へ行き、潭州・衡州へとさすらいを続ける過程においても、つらくわびしい旅であったにちがいないが、時おり戦乱に苦しむ民衆の生活に視点をうつし、民衆の心を同情をもって推察する詩に出あう。そして、そうした方向に視点を転換することが、自己存在の苦しみをうたう詩において、ひとつの救いにもなったし、また詩そのもののスケールを大きくすることにも役立った。

悲しみを、個人的な悲しみとして訴えるだけでは、いつかその詩はマンネリズムになり、泣き虫の悲哀のみに終わってしまいがちであるが、杜甫の場合、つねに潜在的に儒者であろうとする意識があり、社会に対する観察もつねにあったので、その詩は個人のなげきをうたうのみにとどまらず、より大きなスケールを持った人間の文学たりえたのであった。

# 言語造形の格闘

**語人を驚かさずんば死すともやまず**　上元二年、五十歳の杜甫は、草堂のそばの浣花渓が洪水になって、海のようなたけりを示したとき、ふと若い時期の自分を思いおこして、次のようにうたった。

人と為り　性僻にして　佳句に耽る　　為人性僻耽佳句
語　人を驚かさずんば　死すとも休まず　　語不驚人死不休
（「江上値水如海勢、聊短述」）

自分は若いころから性格がかたよっており、「佳句」におぼれるところがあった。そしてあのころは思ったものだ――人にショックを与えるようなことばがくふうできないならば、死んでも死にきれない――と。このことばは、よく、ことばに寄せる杜甫の執念を語っている。

杜甫はまことに、生涯をかけて表現のむしであった。それも、古典語を駆使しての表現のむしであった。杜甫はほとんど、『文選』に用いられている語句は、そらんじていたのではないかと思う。そしてそれを、随所に縦横に駆使したが、単に先人がくふうしぬいたことばを駆使するという

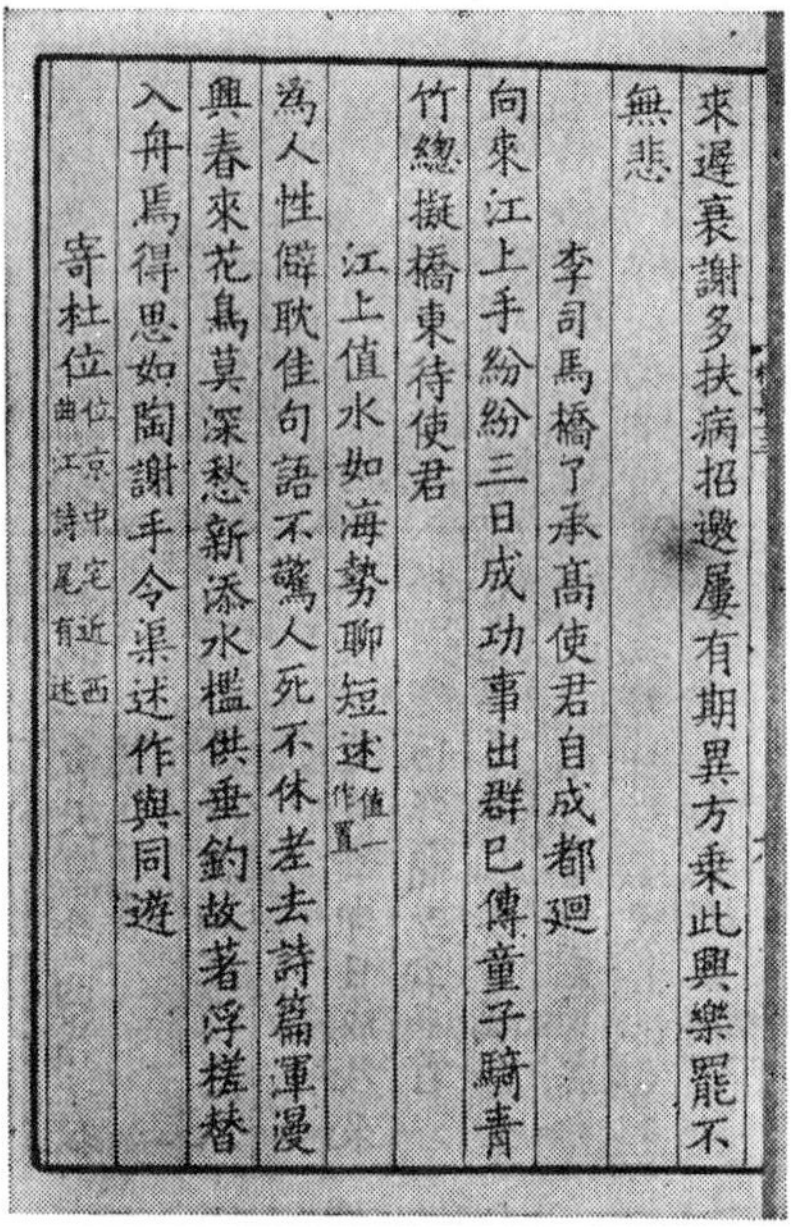
来遅衰謝多扶病招邀屢有期異方乗此興楽罷不
無悲
李司馬橋了承高使君自成都廻
向来江上手紛紛三日成功事出群已傳童子騎青
竹總擬橋東待使君
江上値水如海勢聊短述（値一作置）
為人性僻耽佳句語不驚人死不休老去詩篇渾漫
興春来花鳥莫深愁新添水檻供垂釣故著浮槎替
入舟馬得思如陶謝手令渠述作與同遊
寄杜位（位京中宅近西曲江詩尾有述）

**語人を驚かさずんば死すともやまず**

だけでは、満足しなかった。古典詩のリズムの、有限の幅の中に、いかに大きな世界を、圧縮してつめこむか、それが杜甫にとっては、つねに関心のまとであり、くふうのしどころでもあった。

すでに「旅夜書懐」や「登高」の詩においてふれたように、有限な句作りを、より拡大するためには、ひとつのことばを二つの役目をもたせて利用するという技法もくふうした。そのほかにも杜甫の表現のくふうはいろいろあるが、そのひとつに、倒装的表現技巧のくふうがある。

**倒装表現のくふう**

五五歳のとき、夔(き)州の西閣において病床に臥した詩人は、病中、有名な七言律詩の連作「秋興」八首を作ったのであるが、その第八首に、次のような表現がでてくる。

香稲啄餘鸚鵡粒　　碧梧棲老鳳凰枝
香稲(こうとう)　啄(ついば)み余(のこ)したる　鸚鵡(おうむ)の　粒(つぶ)

碧梧　棲み老いたる　鳳凰の　枝

このとき杜甫は、若いころ岑参兄弟らと長安郊外の渼陂（湖の名）に遊んだときのことを思いおこし、あのとき、渼陂にたどりつくまでの道のり、それはこんなありさまだったと幻想的イメージをはしらせるのであるが、論理的にいえば、「鸚鵡」の「啄残」したる「香稲」（香稲は、紅稲・紅豆に作るテキストもある）の「粒」、「鳳凰」の「棲老」いたる「碧梧」（あおぎり）の「枝」とあるべきもの。そしてそのようにことばを重ねても平仄の上では別に問題はない。

鸚鵡啄残香稲粒　鳳凰棲老碧梧枝（。は平、・は仄を示す）

しかし杜甫は、この場合、論理的ななまぬるい表現にすることをきらって、病床のイメージにまず浮かんだ「香稲」、そして「碧梧」をまず初めに置き、「香稲」、それは「啄残」した「鸚鵡」の「粒」なのだ、「碧梧」、それは「棲老」いたる「鳳凰」の「枝」なのだというイメージの世界を、イメージのままにたたみ重ねるという、まことに新奇な表現型をくふうし、そのようにしてこの二句の対句をまとめあげた。それによってこの句は、論理的な平板さをまったくぶちこわした、幻想的な、そして緊密な凝縮度をもつ句に変容したのである。

この二句の表現のくふうは、日本の芭蕉の、

鐘消えて　花の香は撞く夕哉

の表現のヒントになったものとして、芭蕉の門人の各務支考の『東華集』に説明されている。支考

は、芭蕉のこの句を「倒装法」として説明し、その倒装法にヒントを与えたのは、杜甫のこの二句であったとするのである。

杜甫はすでに若いころから、こうしたたぐいの、かりに修辞学的にいうならば倒装表現、あるいは倒装法とでもいうよりほかはない技法を会得しており、しばしばその技法を効果的に使用するのであるが、*「秋興」八首に示されたこの表現はまことに奇抜、常人の思いつかぬ大胆なこころみである。

倒装的表現は、もしそれを、単に表現の技巧としてのみに使用するならば、いいかえれば、イメージに密着し、句を凝縮させようとする強い表現への苦心もなしに、技巧として倒装表現をこころみるならば、やや嫌味を帯びた、かえってぬるい表現に堕しがちなものであるが、杜甫の場合はそれとはちがう。正叙体の表現ではとても満たしきれないせっぱつまった情感が内にみなぎったとき、その情感に密着して、その緊張感をなんとか示そうとしたときの必然として生み出された苦渋のくふうが、結果として倒装表現になるべきものであって、杜甫の場合はまさしくそうであったということができる。

この二句の技巧は、中国の詩論史上たえず問題にされてきている前人未踏の斬新奇抜な表現であるが、たえず表現のむしであり続けた杜甫は、苦心のあげく、これほども変わった表現法をくふうしぬいたのであった。この一事を見るだけでも、杜甫の表現によせる執念と苦心とを察することができるであろう。

* 若いころの杜甫の詩に示された倒装表現のくふうについては、「三十歳以前の杜甫の詩」と題してしるしたが、いまそれは『唐代詩人論』㈢（講談社　学術文庫）の「杜甫論」の中に収める。あわせて参照していただけると幸いである。

## たゆみなき脱皮と前衛芸術の可能性

杜甫の詩を読み続けてきて、つくづく感ずるのは、この詩人はたえず脱皮し続けているということである。一般的にいって世の多くの芸術家は、自己の様式がきまってくると、その様式をむしろ売りものにして、自分が開発したその様式に安住するというのがふつうなのであるが、杜甫の場合、それはあてはまらない。

### たゆみない脱皮

杜甫は、自分がなっとくするひとつの様式を開発すると、次の瞬間には、ようやく完成に導いたその様式をかなぐり捨てて、また別の次元のくふうに邁進するという傾向がある。たとえば四十歳を越すころから、いわゆる社会詩というのを作りはじめ、にわかにその面で詩名を高くしたのであったが、それも四八歳、官吏の生活に別れをつげるとともに、社会詩人であることから離脱した。

秦州に旅立ってからは、全体と部分、点と線、平面と立体、直と斜などの諸要素をからませた対応表現に、いろいろと苦心するのであるが、あるところまできて自分がなっとくできたとき、そうしたいわば幾何学的な構成へのくふうに対して、それ以上の執着を示そうとせず、あっさりまた捨ててしまった。実は、捨て去ったのではなく、そのくふうの軌跡（きせき）は、後年、別の次元において、より大きく生きてくるのであるが、少なくもひとときその執着から離れた。

同谷に向かうとき、また同谷から成都に向かうときは、紀行詩ともいうべきものに興味を寄せ、道中ずっと紀行詩を作り続けるのであるが、成都にはいるとともにその趣向もあっさりと捨ててしまった。そして成都にはいっては、七言律詩の完成につとめ、リアリズム手法から離れて、印象派ふうの詩風をまで開拓しようとした。成都を離れて雲安から夔州への旅の時期にはいると、さらに詩的様式の多様な追及をこころみようとする。

杜甫の詩の様式に対するくふうが多面的に示されるのは、「秋興」八首の連作においてであるが、そこでくふうした空想的・幻想的詩風は、その次にはまたしても一見捨て去られ、最後の時期のテーマである「人生と文学」という大きな問題、文学が存在する以上永遠に存続すべき大きな問題にくいついてゆく。

そして、その境にはいってはじめて、いかにも杜甫の詩だと思わせるような安定した様式をわがものにしたかに見える。それは主として律詩についてであるが、前半四句において広大な自然空間をスケール大きくつかみとり、後半の四句において、それを人生の問題に転換するという手法である。「登高」の詩や、「登岳陽楼」の詩などが、そのパターンを示している。

しかしそれならば、晩年の彼の詩はおおむねそうしたパターンをとるのかといえば、それがそうではない。なおまたたくましく、別の趣向の詩を開発しようとあがき、あせっているふぜいがうかがえるのである。
杜甫は結局、生涯、自分の型を作ってはくずし、作ってはくずし、脱皮し続けた詩人なのだと思う。その脱皮の苦心は、それ自体すでに超人的であったとすらいえる。

## 前衛詩への可能性

杜甫はすでに述べてきたように、たしかに古典詩のよい伝統を継承し、古典詩の世界をよりいちだんと完成に近づける努力をしぬいた詩人であった。そういう面からいえば、杜甫は古典派詩人の最高のチャンピオンということになる。そして杜甫をそのように評価することは、決してまちがった見方ではない。

しかしこの詩人は、自分との格闘において、あるいは言語との格闘において、たえず脱皮し続けることを志していたので、その詩はしばしば、思いがけない新味を開拓するところがあった。たとえば安禄山の乱のさなか、虜囚であったときの作「月夜」の詩などは、こんにちの時点で現代人が読んでみても、なお強い感動を与え、フレッシュな味わいを示す。日本の場合と違って、中国では晩唐の李商隠（りしょういん）（八一二―八五八）が出現するまで、恋愛詩とも称すべきものはなかったとするのが、文学史の通念なのであるが、しかし杜甫の「月夜」のみは例外で、そのような文学史的常識、文学の世界の通念をうち破る。

たとえば「秋興」八首にくふうされた様式のくふう、また、たとえば〈其八〉に示された倒装的表現、それらはもう、古典主義のふつうの常識では考えられない奇抜さをそなえている。徹底した古典主義に発したはずの杜甫は、さいげんなきみずからとの格闘において、脱皮をくりかえしてゆくうちに、ついには自分でも予想しなかった前衛の世界にまではいりこんでいったのだということができるであろう。

ほんとうの意味での前衛芸術というのは、基底に古典芸術への習得を必要とするものであろうということを、杜甫を例にして考えたとき、また改めて思い知らされる。古典主義に出発し、きたえぬき、脱皮し続けた杜甫は、いまや前衛派芸術にもそっくりかよう新しさをすら、身につけるようになった。そしてそれゆえにこそ、杜甫は、古くして永遠に新しい芸術家たりうるのである。

## 杜甫の詩と李賀

唐代における前衛的詩人といえば、「鬼才」（幽鬼の才の意）をもって称された中唐の李賀（七九一―八一七）があげられる。彼は、杜甫の没後約二十年後に誕生し、奔放に感覚を駆使して、それまでの中国詩にはなかった幻想の世界を開拓した人である。その李賀が実は、詩作の手本として杜甫をよく読んでいた事実がある。李賀のように、前衛ふうの新しさを追及する詩人にとって、杜甫の詩は、かっこうの刺激になりえたことが、この一事からもうかがいうる。

李賀についてては別に述べたし、* ここで李賀論に紙幅をさくのも本旨からはずれるので、若干の具体例をあげるにとどめておくが、たとえば次のような例が拾いあげられる。

李賀の「馬の詩」に、

竹を批ぎて　初に耳に攢む　　批竹初攢耳

（李賀「馬詩」二三首〈其十一〉）

という、感覚的に鋭いきれあじを示す句があるが、実はこのいいかたは、三十歳以前の杜甫の詩である「房兵曹胡馬」と題する五言詩の、次の句を応用したものである。

竹批ぎて　双耳は峻つ　　竹批雙耳峻

（杜甫「房兵曹胡馬」）

ピンとそびえたった駿馬の耳を、竹をそいだと形容したのは、非常に大胆な新しい表現であるが、それをすでに杜甫がやっているのである。

また李賀の「南山田中行」の中の句に、

石脈　水流れて　泉　沙に滴る　　石脈水流泉滴沙

（李賀「南山田中行」）

というが、これは杜甫の夔州時代の作である「日暮」の詩に、

石泉は　暗壁に流れ　　石泉流暗壁
草露は　秋根に滴る　　草露滴秋根

（杜甫「日暮」）

という句があるのを知っていて、そのイメージを思いうかべつつ、その感覚を転用したのではないかと思う。この場合、李賀の句と杜甫の句と、どちらがすぐれているかは、いちがいには論じられない。暗く、そして繊細な感覚という点では、杜甫の句の方がむしろすぐれているのではないかとも考えられる。そしてその感覚は、幽鬼の幻想を好んだ感覚詩人李賀の好みにもそっくりかようものがある。杜甫の芸術がしばしば前衛的にもなるということは、この一例をもってしても感じとってもらえるであろう。

＊　李賀については、『唐代詩人論』（四）の「李賀の詩風」の章で論じた。

## 「詩聖杜甫」の評価

### 生涯不遇の詩人

杜甫の詩は、杜甫の生前人々に十分に評価され、洛陽の紙価を高くするということもなかった。杜甫自身は往時を回顧して、若いころからすぐれた文学者として高く評価されたということを何度かいうのであるが、それは自分をなぐさめるための、あるいは職を求めるための、一種の自画自讃である。また杜甫の晩年、友人の郭受という人が、杜甫に詩を贈って、

新詩　海内に流伝遍し　　新詩海内流傳遍

といい、また、

衡陽の紙価は　頓に能く高し　　衡陽紙價頓能高

（以上二句、郭受「杜員外兄垂示詩、因作此寄上」詩）

ともいうが、それは杜甫を激励するためのせいいっぱいの賞讃である。しょせん杜甫は、生涯詩作を続けながらも、詩をもって生計のたしにすることすらできなかったのであった。

それでも杜甫は、むすこの宗武に戒めていった。「詩は是れ吾が家の事」「文選の理に熟精せよ、

彩衣の軽きを覓むるを休めよ」（以上「宗武生日」、五五歳の作という）と。そこには、詩のみが自分の生きがい、そしてそれはわが家系に伝えたいことでもある。たとえ苦しくとも、父親にまねて作詩にはげめ、生活のゆたかさをいたずらに求めるな、という、きもをすえた心意気がうかがえる。

もっとも杜甫の当時は、印刷文明がまだまったくなかったので、書物を出版してその謝金を受けたり、原稿料を入手したりするということなど、ありえようはずもなかった。せいぜい詩作に関連したことといえば、杜甫をすぐれた詩人として遇してくれた人が、接待のときに若干の志を包むか、あるいは職権を利用して、杜甫の生活の面倒を見てやるかしか考えられない。生活のかてを求めるためには、杜甫は詩以外の途を探さねばならなかった。それがどうやら薬草売りであったらしいことはすでに述べた。

安禄山の乱のさなかの杜甫の社会詩については、庶民層までこれを知っていたかも知れない。そしてそうした面では、押しも押されぬ大詩人であったかも知れないが、そうした評価が高まれば高まるほど、官僚体制の中にある知識人たちは、杜甫の友人であった人も含めて、かえってつきあいにくさを感じたものであったと思う。うっかりつきあって、自分の身に迷惑が及んではたまらない、そういう優等生たちの心情は、昔も今も変わりはない。

杜甫の詩は、結局のところ、当時の知識人たちから敢えて無視され続けた。杜甫が四九歳の時、元結が当代の詩を選んで『篋中集』を編集したが、そこには杜甫の詩は、一首も採録されていない。また、杜甫の当時流布されていたはずの殷璠の『河嶽英霊集』(「英霊」は、すぐれた魂の持ち主の意で、死者の意ではない)においても、李白の詩十三首、王維の詩十五首、高適の詩十三首、岑参の詩七首を採録しつつ、杜甫の詩は一首も収めない(当時これらの本は写本のみの形で通行されていた)。

要するところ杜甫の詩は、その生きていた時代、少数の例外を除いて、一般的にはおおむね無視され続けたといってよい。しかしそうした世間の白眼視の中にありながらも、杜甫はみずからに課したしごととして生涯詩作にはげみ、また文学のあり方について深く思索するところがあった。

## 「文章は千古の事」

杜甫五五歳、夔州での「偶題」(たまたましるす)と題する五言四四句の長篇のはじめにいう。

文章は　千古の事　　文章千古事
得失　寸心に知る　　得失知寸心
(「偶題」)

「文章」は、今のことばでは文学。文学は、人間が生存するかぎり、永遠につらなるしごとであるが(このことば、魏の文帝の「文章は経国の大業にして、不朽の盛事なり」を意識しているかもしれない）、過去の作品の佳否得失については、自分で心得ているつもりだ（この部分の解釈については異説もあるが）、といいきった。それほど文学にかけた杜甫であったのに、現実はあまりにもきびしかった。しかし杜甫は、その現実に屈せず、みずからのいのちを終えるまで、すべてを文学にかけた。

こうしたことは、いうはたやすいが、それを実現させることは、いうまでもなく大変むずかしい。しかし杜甫は、貧苦の生活に苦しみながら、それをやりおおせた人物であった。まったく報いられない環境の中にあって、みずからに課した課題をつらぬき通したのである。これはとても、常人、凡人のできるわざではない。

## 杜甫の評価の確立

杜甫の詩が、その真価を認められはじめたのは、杜甫の死後約四十年、中唐の時代になってからであった。元和八年（八一三）、杜甫の孫の杜嗣業が、杜甫の柩を岳州から洛陽の地に運ぶとき（杜甫の遺体は、結局岳州にうめられたままだった）、当時白居易の詩友として詩名の高い元稹（微之）に、杜甫のための墓誌銘を書いてくれるよう依頼した。

元稹は、友人の白居易（楽天）とともに、かねてから杜甫の尊崇者であったので、喜んでこの要請を受けいれ、杜甫の墓誌銘をしるして、その中ではじめて、詩人以来、未だ子美（杜甫の字）の如き者有らず（元稹「唐故検校工部員外郎杜君墓係銘」）。

と断言した。その結論に導くまでに元稹はその理由を説くのであるが、今は省略する。

白居易はまた、詩人の姿勢としての杜甫を高く買い、若い時期、杜甫にあやかる社会詩人になろうとした。一方の文壇の雄である韓愈も、杜甫、そして李白を高く評価し、

李・杜　文章在り　　李杜文章在
光焰　万丈長し　　光焰萬丈長
（韓愈「調張籍」）

といってのけた。さきの時代の李白・杜甫の文学は、長く長くその光焰をのばしているという意味の句で、韓愈の門人の張籍にたわむれ（調）に作った詩の冒頭の句である。

その張籍がまた杜甫を尊崇するのあまり、杜甫の詩をしるした紙を焼いて、蜂蜜にあわせて飲み、「吾が肝腸をして、これより改易せしめん」といったとするはなしが、『雲仙雑記』（巻七）という宋の王銍の本にしるされている。杜甫没後約半世紀、中唐になってようやく、杜甫はすごい詩人だったのだという認識が生まれたことが、これらの事例によって知られる。

**中唐以後の詩史の展開**

杜甫のあと、文学史は中唐の時代、晩唐の時代、そして宋代と展開してゆくが、中唐以降の詩史は、杜甫を無視して語れないところがある。中唐の代表的詩人は、み

な杜甫を高く評価した。そして、今後の詩学は、杜甫に学ぶことから出発し、杜甫が十分には開拓しきれなかった部分を充実発展させることだという認識を、多くの詩人たちが持った。杜甫が十分に開発しきれなかった部分というのは、まず第一には、芸術様式に関する問題だ、と人々は理解した。

杜甫はたしかに、リアリズム詩人として出発したし、リアリズムの手法を限界まで開拓したが（いわゆる社会詩は、その代表的所産である）、また同時に、後年はみずからリアリズムを超克した。そしてあるときには、印象派ふうの詩を作ってみたり、幻想的な詩を作るべく努力したりもしたが、たえず脱皮を求め続けたがために、そうした苦心の方向も、ひとつの芸術様式として確立するところにまではいたらず、結局はいろいろな様式の可能性を模索し続けたということで終わってしまった。

そこで、杜甫が十分には開発し得なかった芸術様式面の開発ということが、中・晩唐詩人のひとつの目標ともなった。こうして、奔放に感覚本位の詩を作ろうとする李賀が生まれたし、リアリズムをほとんど無視して、イメージの印象をたいせつにする晩唐の詩人杜牧が誕生したし、また、感覚のみならず、官能をもたいせつにして、繊細な恋愛詩を数多く作った李商隠も誕生した。

次の宋代になると、詩史における杜甫の評価は、ほぼ不動の位置を示すようになった。このとき杜甫は、中国第一の詩人だということが、ほとんどすべての詩人たちに認められたかの観がある。

宋代の詩学の代表的位置にたった人は、蘇軾（東坡）（一〇三六―一一〇一）、そして黄庭堅（山谷）（一〇四五―一一〇五）であるが、ともに杜甫を好み、杜甫を非常に高く評価した。世に「蘇・黄の学」といい、あるいは単に「蘇学」ともいう詩学において、まず学ぶべきものとしてとりあげられたのは、杜甫と陶淵明であった。

この「蘇学」の伝統をうけつぎ、杜甫に学びつつ、しばしば杜甫をしのぐ詩的造形を示した詩人が、金（南宋の時代にあたる）の元好問（遺山）（一一九〇―一二五七）である。元好問は、実によく杜詩を咀嚼し、杜甫に迫り、時に杜甫をしのいだ。その杜詩への傾倒ぶりには、改めて驚かされるものがある。元好問については、漢詩大系（集英社）に収めた拙著『元好問』にしるした。

### 「詩聖」とする評価

宋代、蘇学がしだいに流行するにともなって、杜甫は詩の世界における聖人だという尊敬の念が、おのずからつちかわれてきた。すでに「はしがき」でしるしたように、蘇軾によって引きたてられた秦観（一〇四九―一一〇〇）は、孟子が孔子を評したことばを杜甫にあてはめて、「子美も亦詩の大成を集むる者か」といった。詩の世界における杜甫を、聖人である孔子になぞらえたのであるから、それは杜甫は「詩聖」であるとする評価と、実質的に変わりはない。ついで宋の文学者楊万里（一一二七―一二〇六）は、杜甫を評して「詩に聖なる者か」（『詩人玉屑』巻十四に引く）といった。十一世紀の終わりごろには、杜甫は詩の聖者だという評価が、しだいに広まったと見られるが、それは杜甫が没して三世紀以上も後のことであった。明・清の時代になると、ほとんどの人々が疑いをはさむこともなく、杜甫は「詩聖」—詩の世界における第一人者だと考えるようになった。たとえば明代の批評家楊慎（升菴）（一四八八—一五五九）は、「李白は詩に神にして、杜甫は詩に聖なり」と明快にいってのけている。

杜甫の評価が高まるにともなって、成都の杜甫草堂のあとも、しだいに整えられてきた。成都の草堂は、杜甫が去ったあと、一時はまったく廃墟になってしまったのであるが、北宋の元豊年間（一〇七八—一〇八五）、成都の杜甫の茅屋を再建し、さらにそこに杜甫の祠堂を建築した。宋代、草堂を再建したとき、もとの杜甫草堂の場所とは若干違った場所に建設した可能性があるが、しかしそのことは本質的な問題ではない。

その後、成都の杜甫草堂の増修は、何度も行われたらしいが、明の弘治十三年（一五〇〇）、清の嘉慶十六年（一八一一）の大改修を経て、ほぼ今日見るような成都の杜甫記念館の規模がきまったものであるといわれている(成都杜甫記念館発行の案内記による)。

一九六一年、中華人民共和国国務院の決定により、成都の杜甫記念館は、「全国重点文物保護単位」に指定され、人民の貴重な文化財として保護されるようになったので、たとえば「プロレタリア文化大革命」の時期においても、草堂の遺蹟は荒らされることもなく、現在に残っているし、たいせつに維持されている。そして、杜甫に対する中国の人々の尊敬と、高い評価とは、いまなお不

杜甫像（成都民芸品）

動に存続している。一九七一年、郭沫若は『李白と杜甫』において、杜甫を李白ほどには買わないという発言をしたが、成都の知識人が、「郭先生は偉大な学者ですが、『李白と杜甫』での杜甫の評価だけはどうも……」と疑問のことばをなげかけるのを、筆者は直接成都で耳にした。

## 「性霊を陶冶するに底物（なにもの）か存する」

杜甫の没後、長い歴史的時間を経て、杜甫は「詩聖」にまつりあげられた。しかし生前の杜甫は、まことにいたましいほど不遇であり、世の人々から、やや意識的に無視され続けた。しかし杜甫は、世間の冷淡と、時には白眼視が身に迫るのを感じれば感じるほど、かえってみずからのいのちのすべてを作品にかけていった。たとえ生時においては人に評価されなくてもよい、知己を後世に期待しよう、そういう気持ちまで時には持つようになったと考えられるが、そのためでもあろうか、ひたすら人間の記録としての自己の作品をたいせつにし、自分の手で整理を加えていった。その過程において、若い未熟な時代の詩を、みずからの手で破棄するということもしたらしい。

今日杜甫の詩は、約一四五〇首を残すが、そのうち、約三分の二は、成都以降の詩で占められる。それは杜甫の晩年十年の作である。よりくわしくいえば、成都時代の作約三〇〇首、雲安・夔州時代のもの約五〇〇首、夔州を離れて以降死に至るまでのものが約一七〇首弱、総計するなら、成都以降の詩が実に九七〇首弱を占める。そして一方、若い時期の作品、とくに三十歳以前のものは残るものが少ない。*

五五歳の秋、みずからをなぐさめるために「解悶」（もだえを解く意）と題する七言絶句を十二首作ったが、その中の第七首にうたった。

陶冶性靈存底物　性霊を陶冶するに　底物か存する
新詩改罷自長吟　新詩改め罷めて　自ら長吟す
（「解悶」十二首〈其七〉）

人間の精神を陶冶するのに、なにがいちばんよいかといえば、それは詩だ。作りたての詩を推敲しおえて、さらにみずから吟誦し、落ちつきの悪いところをなお正そうとする、という趣旨のこの発言、杜甫の句の中でも私の好きなひとつであるが、この二句の中に杜甫の詩にかける執念がすべて語られているように思う。この執念をもって、みずからの全存在を、ただひたすら芸術にかけ、みずからなっとくするまで格闘しぬいた杜甫、その真摯な姿勢の中に、杜甫のすべてがある。それはたしかに、芸術の聖者というのにふさわしい。「詩聖」の意味を、私はそのように理解して今にいたっている。そしてそれを解明するために、本書の筆をとったのである。

＊　拙稿「三十歳以前の杜甫の詩」（『唐代詩人論』㈢）参照。

# 杜甫年譜

| 西暦 | 年号 | 年齢 | 経歴 | その他 |
| --- | --- | --- | --- | --- |
| 七一二 | 玄宗 先天1 | 一 | 河南省鞏県に生まれる。父は閑、母は崔氏。祖父は杜審言。 | 八月、玄宗即位、改元。李白十二歳。(『古事記』成る。) |
| 七一三 | 開元1 | 二 | | 十二月改元。 |
| 七一五 | 3 | 四 | | 岑参生まれる。 |
| 七一六 | 4 | 五 | | 六月、睿宗崩ず(六六二―)。 |
| 七一七 | 5 | 六 | | (第八回遣唐使派遣。阿倍仲麻呂・吉備真備・僧玄昉ら入唐)。 |
| 七一八 | 6 | 七 | はじめて詩文を作るという。 | |
| 七一九 | 7 | 八 | | 王維、進士に及第。 |
| 七二〇 | 8 | 九 | | (『日本書紀』成る。) |
| 七二三 | 11 | 一二 | | 元結生まれる。四月、張説、中書令となる。十月、驪山に温泉宮を置く。 |

| | | | | |
|---|---|---|---|---|
| 七二五 | 13 | 一四 | このころ、洛陽で文人仲間にはいる。 | 十一月、玄宗、泰山に封禅。 |
| 七二六 | 14 | 一五 | | 厳武生まれる。 |
| 七二七 | 15 | 一六 | | 王昌齢、進士に及第。 |
| 七二九 | 17 | 一八 | | 孟雲卿生まれる。 |
| 七三〇 | 18 | 一九 | 山西の郇瑕に遊ぶ。 | 十一月、張説死す（六六七—） |
| 七三一 | 19 | 二〇 | 呉・越（江蘇・浙江）に遊ぶ。 | |
| 七三二 | 20 | 二一 | 呉・越に遊ぶ。 | |
| 七三三 | 21 | 二二 | 呉・越に遊ぶ。 | （第九回遣唐使派遣。）十二月、張九齢、宰相となる。 |
| 七三四 | 22 | 二三 | 呉・越に遊ぶ。 | 五月、張九齢、中書令となる。李林甫、礼部尚書となる。 |
| 七三五 | 23 | 二四 | 呉・越より洛陽に帰り、進士の試験を受けて落第する。 | 王維、張九齢の推薦で右拾遺になる。 |
| 七三六 | 24 | 二五 | 斉・趙（山東・河北）に遊び、蘇源明と交わる。 | 安禄山、契丹を討って敗る。張九齢、禄山を誅すべしと奏上。十一月、張九齢失脚。李林甫、中書令となる。 |
| 七三七 | 25 | 二六 | 斉・趙に遊ぶ。 | 四月、張九齢、荊州刺史に左遷される。 |
| 七三八 | 26 | 二七 | 斉・趙に遊ぶ。 | 王昌齢、嶺南に流される。 |
| 七三九 | 27 | 二八 | 斉・趙に遊ぶ。 | 王昌齢、赦されて北に帰る途中、巴陵で李白にあう。 |

| | | | | |
|---|---|---|---|---|
| 七四〇 | 28 | 二九 | 斉・趙に遊ぶ。 | 張九齢、死す（六七八ー）。孟浩然、死す（六八九ー）。 |
| 七四一 | 29 | 三〇 | 洛陽に帰り、陸渾荘を築き、夫人楊氏と結婚。 | |
| 七四二 | 天宝1 | 三一 | 洛陽に在り。 | 正月、改元。王昌齢、江寧丞に転出。王維、右補闕を拝す。李白、翰林供奉となる。 |
| 七四三 | 2 | 三二 | 洛陽に在り。 | |
| 七四四 | 3 | 三三 | 洛陽に在り、夏、李白と洛陽であい、秋、李白・高適と、梁・宋（河南省）に遊ぶ。 | 玄宗、寿王の妃楊氏を宮中に入れ、楊太真と号せしめる。李白、三月、翰林供奉を辞す。岑参、進士に及第。 |
| 七四五 | 4 | 三四 | 斉・魯（河南・山東）に遊ぶ。夏、済州にゆき、北海太守の李邕にあう。秋、山東の石門で李白と別れる。 | 八月、楊太真、貴妃となる。 |
| 七四六 | 5 | 三五 | 長安に出る。 | |
| 七四七 | 6 | 三六 | 長安に在り。玄宗、一芸に通ずる者を特別に登用しようとし、杜甫・元結・高適ら、その挙に応ずるも、宰相李林甫にはばまれ、一律に落第させられる。 | 元結「二風詩論」をしるす。 |
| 七四八 | 7 | 三七 | 長安に在り。韋済に就職の世話を要請する。 | |

| | | | | |
|---|---|---|---|---|
| 七四九 | 8 | 三八 | 長安に在り、冬、洛陽に帰る。 | 高適、有道科に及第（?）。岑参、安西節度使高仙芝のもとで、掌書記となる。 |
| 七五〇 | 9 | 三九 | 長安にもどる。長子、宗文生まれる。 | |
| 七五一 | 10 | 四〇 | 長安に在り、「三大礼賦」を献じ、玄宗の嘉賞を受けて、集賢院待制を命ぜられる。 | 三月、岑参、武威に行く。四月、楊国忠、雲南の征討軍を起こし、六万の軍を失う。五月、唐軍、サラセン帝国とタラスで戦う。秋、岑参、長安に帰る。元結、「系楽府」を作る。（『懐風藻』成る。） |
| 七五二 | 11 | 四一 | 長安に在り。秋、高適・岑参・儲光羲らと慈恩塔に登り、詩を賦す。 | 十一月、宰相李林甫死し、楊国忠宰相となる。（第十回遣唐使派遣。東大寺大仏開眼。） |
| 七五三 | 12 | 四二 | 長安に在り。次子、宗武生まれる。 | （遣唐使藤原清河の帰国にあたり、阿倍仲麻呂、帰国の途につくも、途中難破して安南に漂着、唐にもどる。） |
| 七五四 | 13 | 四三 | 長安に在り。「封西岳賦」を奉る。秋、長雨と物価高騰にあい、家族を奉先県に疎開させる。 | 三月、高適、河西節度使哥舒翰のもとで、掌書記となる。六月、楊国忠、再度雲南の征討軍を起こし、唐軍ほとんど全滅する。（鑑真和尚、日本に入国。） |
| 七五五 | 14 | 四四 | 長安に在り。九月、奉先の家族を訪れる。十月、河西の尉を授けられたが受けず、改めて右衛率府冑曹参軍事に任ぜられる。 | 十一月、安禄山、范陽で挙兵。玄宗、哥舒翰を兵馬副元帥に任ず。十二月、洛陽陥落。高仙芝・封常清、敗戦の責任を問われて、 |

| | | | | |
|---|---|---|---|---|
| | | | 十一月、ふたたび奉先の家族を見舞う。 | 潼関で斬られる。高適、左拾遺を拝す。 |
| 七五六 | 15<br>粛宗至徳 1 | 四五 | 長安に在り。五月、家族を白水県に移し、六月、さらに鄜州の羌村に移す。<br>粛宗、霊武にて即位するを聞き、単身、鄜州より霊武にはせ参ずる途中、賊軍に捕えられ、長安に送られて監禁される。 | 正月、安禄山大燕皇帝を称す。六月、長安陥落。王維、賊の捕虜となる。玄宗、蜀に蒙塵。途中、馬嵬にて、楊貴妃に死を賜う。高適、玄宗を追って蜀に行き、侍御史を拝す。<br>七月、粛宗霊武で即位。改元。八月、高適、諫議大夫に抜擢される。十月、永王璘、江南において挙兵。十二月、李白、永王璘の幕に加わる。この年、岑参は輪台にあり、秋、酒泉に留まる。 |
| 七五七 | 2 | 四六 | 四月、長安を脱走して鳳翔の行在所に赴き、五月、左拾遺を授けられる。房琯の罪を弁護して粛宗の怒りにふれ、八月、暇を与えられて鄜州に帰る。最大長篇詩「北征」を作る。十一月ごろ、家族をつれて長安にもどる。 | 正月、安禄山、安慶緒に殺される。二月、粛宗、行在所を鳳翔に移す。同月、李白、潯陽の獄につながる。九月、長安収復。十月、洛陽収復。粛宗、長安にもどる。十二月、玄宗蜀より長安にもどる。岑参、右補闕を拝す。王昌齢死？（六九八―）。 |
| 七五八 | 乾元 1 | 四七 | 左拾遺として長安に在り。賈至・王維・岑参らと詩を唱和する。六月、華州司功参軍 | 二月、改元。王維、太子中允に降され、のち中書舎人に転じ、さらに給事中にもどる。 |

| | | | | |
|---|---|---|---|---|
| 七五九 | 2 | 四八 | 事に出される。歳末、洛陽に赴く。<br>春、洛陽より華州に帰る。七月、官を罷められ、家族をつれて秦州に旅立つ。十月、同谷に移り、十二月、成都にたどりつく。 | 八月、李白は夜郎に向けて流される。<br>三月、郭子儀ら安慶緒を相州に攻めて大敗す。三月、岑参、虢州長史に出される。九月、史思明、安慶緒を殺して大燕皇帝を自称する。この年、李白、巫山のあたりで恩赦にあう。 |
| 七六〇 | 上元1 | 四九 | 成都に在り。春、浣花渓のほとりに草堂を築く。初秋、新津に遊ぶ。晩秋、蜀州に行き、高適にあう。 | 閏四月改元。高適、彭州刺史に左遷される。 |
| 七六一 | 2 | 五〇 | 成都にあり。正月、また新津に遊び、二月、もどる。冬、高適、杜甫を浣花草堂に訪れる。 | 三月、史朝義、史思明を殺す。四月、段子璋叛乱。高適、崔光遠に従って段子璋を伐つ。高適、成都尹・剣南西川節度使に任ぜられる。十二月、厳武、成都尹、兼御史大夫として成都に着任。王維、死す（六九九—）。 |
| 七六二 | 代宗<br>宝応1 | 五一 | 夏まで草堂に在り、七月、厳武が都にもどるのを送って綿州に到り、徐知道の反乱に出あって成都に帰れず、梓州に赴く。十一月、射洪県に行く。 | 四月甲寅、玄宗崩ず（六八五—）。丁卯、粛宗崩ず（七一一—）。四月、改元。七月、厳武、二帝山陵橋道使として中央に召還され、替って高適が成都尹となる。李白、死す（七〇一—）。 |

| | | | | |
|---|---|---|---|---|
| 七六三 | 広徳1 | 五二 | 正月、梓州に在り。その後、綿州・漢州に行き、夏、梓州に帰る。また、閬州に行き、秋末、梓州に帰る。 | 正月、史朝義縊死し、安・史の乱はここに終る。七月改元。十月、チベット長安を陥れ、代宗は陝州に幸するも、郭子儀長安を収復。 |
| 七六四 | 2 | 五三 | 春、梓州より閬州に行くも、厳武が再び蜀に来るを聞き、三月成都にもどる。六月、厳武の推薦により、節度参謀・検校工部員外郎となり、厳武の幕府に仕える。 | 正月、王維の弟王縉宰相となる。高適、刑部侍郎となり、三月長安に帰る。厳武、剣南東川節度使として、二月蜀に着任。 |
| 七六五 | 永泰1 | 五四 | 正月、官を辞して浣花草堂にもどる。五月、家族とともに草堂を離れ、長江を下る。戎州・渝州を経て、秋初、忠州に、九月、雲安に到着。病気のために、雲安に留まる。 | 正月改元。正月高適死し（?—）、四月、厳武死す（七二六—）。<br>十一月、岑参、嘉州刺史に任ぜられたが、任地に到着できず、都にもどる。 |
| 七六六 | 大暦1 | 五五 | 春、雲安に在り。暮春、夔州に移る。秋、夔州城外の西閣に住む。 | 十一月改元。二月、岑参、杜鴻漸のもとで職方郎中兼殿中侍御史となり、七月、成都に到着。 |
| 七六七 | 2 | 五六 | 夔州に在り、春、西閣より赤甲に移り、三月、瀼西に移り、秋、東屯に移る。弟の観、長安より来たる。 | 六月、岑参ふたたび嘉州刺史となり、任地に行く。 |
| 七六八 | 3 | 五七 | 正月、夔州を去り、三月、江陵に到着。秋末、公安県に移居し、歳暮、岳州に赴く。 | 三月、岑参、嘉州刺史を辞するも、都には帰れず。<br>韓愈、生まれる。 |

| | | | | |
|---|---|---|---|---|
| 七六九 | 4 | 五八 | 正月、岳州より洞庭湖にはいり、湘水を南にさかのぼって、潭州から衡州に到る。夏、また潭州にもどり、ここに留まる。 | |
| 七七〇 | 5 | 五九 | 春、潭州に在り。四月、乱を避けて衡州に行く。郴州に赴こうとして、耒陽で大水にあい、引き返して秋に潭州にもどる。冬、北に向かい襄陽を経て長安に帰ることを志しながら、ついに潭州と岳州の間で舟中に客死した。 | 正月、岑参成都の客舎で死す（七一五—）。〔阿倍仲麻呂、唐に死す（七〇一—）〕 |

# 詩句索引

杜　甫■人と思想57　　定価はカバーに表示

1980年10月25日　第1刷発行©
2014年9月10日　新装版第1刷発行©

・著　者 ……………………………… 鈴木（すずき）　修次（しゅうじ）
・発行者 ……………………………… 渡部　哲治
・印刷所 ……………………… 法規書籍印刷株式会社
・発行所 ……………………… 株式会社　清水書院

〒102-0072　東京都千代田区飯田橋3-11-6
Tel・03(5213)7151～7
振替口座・00130-3-5283
http://www.shimizushoin.co.jp

検印省略
落丁本・乱丁本は
おとりかえします。



CenturyBooks

Printed in Japan
ISBN978-4-389-42057-4

Century Books

## 清水書院の〝センチュリーブックス〟発刊のことば

近年の科学技術の発達は、まことに目覚ましいものがあります。月世界への旅行も、近い将来のこととして、夢ではなくなりました。しかし、一方、人間性は疎外され、文化も、商品化されようとしていることも、否定できません。

いま、人間性の回復をはかり、先人の遺した偉大な文化を継承して、高貴な精神の城を守り、明日への創造に資することは、今世紀に生きる私たちの、重大な責務であると信じます。

私たちがここに、「センチュリーブックス」を刊行いたしますのは、人間形成期にある学生・生徒の諸君、職場にある若い世代に精神の糧を提供し、この責任の一端を果したいためであります。

ここに読者諸氏の豊かな人間性を讃えつつご愛読を願います。

一九六六年

清水権六

SHIMIZU SHOIN